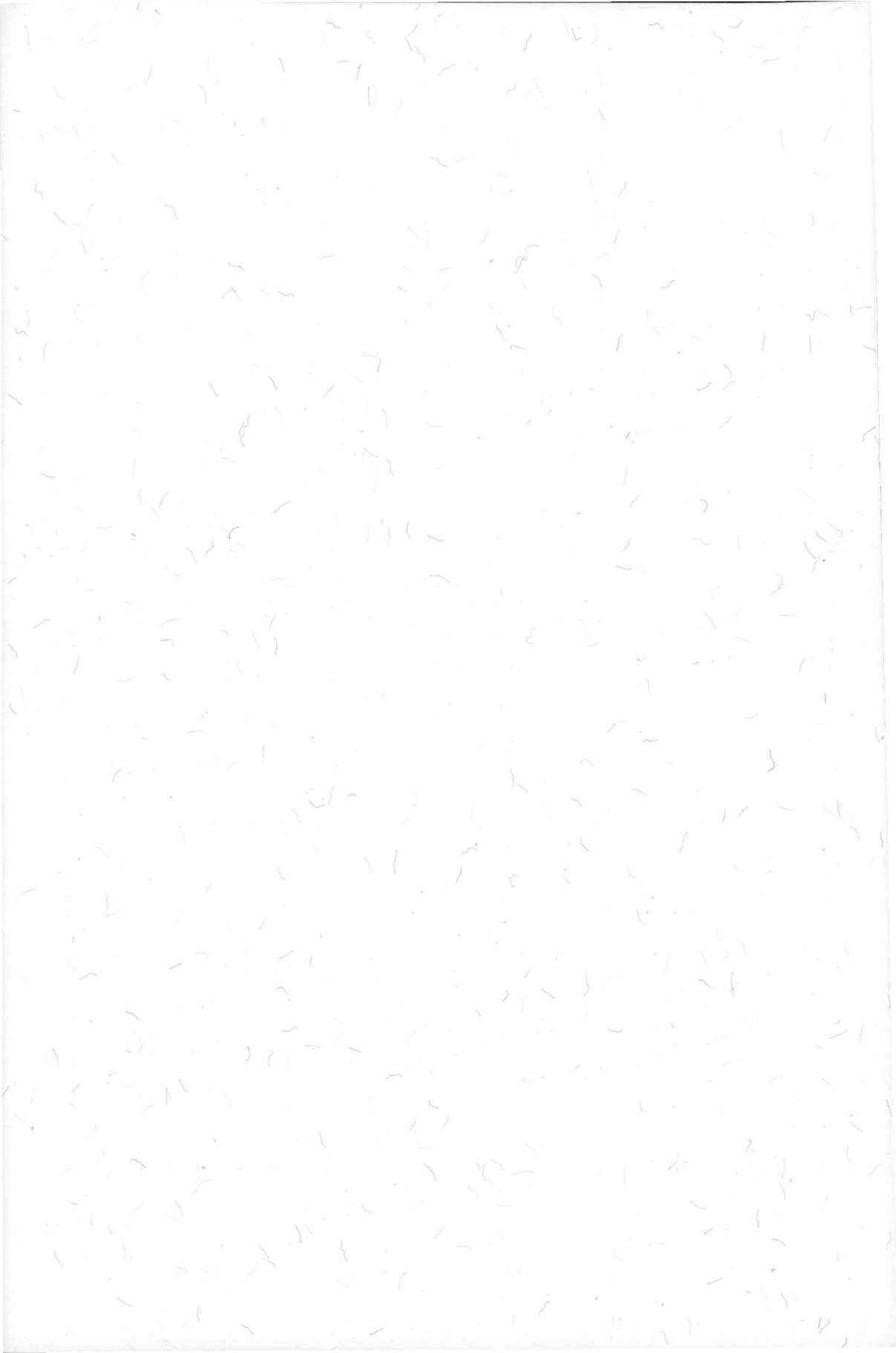

荣获第七届中国长诗奖最佳成就奖

向北的高墙

远 村/著

图书在版编目（CIP）数据

向北的高墙 / 远村著 . -- 西安：陕西人民出版社，
2024. -- ISBN 978-7-224-12784-3

Ⅰ . I227

中国国家版本馆 CIP 数据核字第 2025NZ2161 号

出 品 人：赵小峰
总 策 划：关 宁
出版统筹：韩 琳
责任编辑：晏 藜
封面设计：雁展印务

向北的高墙
XIANGBEI DE GAOQIANG

作 者 远村
出版发行 陕西人民出版社
　　　　　（西安市北大街 147 号 邮编：710003）
印 刷 西安雁展印务有限公司
开 本 787 毫米 × 1092 毫米 1/16
印 张 9
字 数 95 千字
版 次 2024 年 12 月第 1 版
印 次 2024 年 12 月第 1 次印刷
书 号 ISBN 978-7-224-12784-3
定 价 80.00 元

如有印装质量问题，请与本社联系调换。电话：029-87205094

自序

让有限的语言说出无限的可能性

远　村

　　一直以来，我主张诗歌写作诗人一定要在场。无论面对什么题材，什么境遇，什么形制，只要诗人有足够多的时间慢下来，厘清人与自然、人与社会之间的关系，尤其是要处理好人与自我的关系，将它们之间存在的客观的逻辑关系，转化为形而上的语言关系，从而有效地说出最为激动人心的最为本我的那一部分，就可以了。我是要说，诗人从来都不负责全部，只需要说出自己认为最重要的那一部分，就足够了。

　　就以我不久前完成的长诗《向北的高墙》为例吧。首先，它是一首大诗，大得足以让诗人和阅读者一起心惊肉跳而喘不过气来，一个民族的文明史、发展史、再造史相互交织而成的一张诗性之网，被我张开。

　　其次，它才是一首长诗。长诗写作是一个复杂的系统工程，所有的选项都指向一个鲜活的对应物，而这个物，它是具有物的客观性和可感性的，诗人只有把物性与心性融会贯通了，才可以抵达更高语境的诗性。这就自然而然引出了一个事关诗歌写作的话题，即如何贯通，如何抵达。

我的长诗《向北的高墙》就是基于这个原因，而迫切付诸行动的一次写作尝试与自我考量。全诗由九首长诗和五首小长诗组成，九首长诗围绕着高墙这个物象，敞开了多民族在黄河流过北方大地形成的"几"字形大弯里相融共生的伟大的史诗画卷。五首小长诗，分别以轩辕黄帝、赫连勃勃、李元昊、成吉思汗、李自成为主线，对他们在高墙南北叱咤奔腾的历史，进行诗意的还原与理性的复述，以期抵达一直以来，我们难以进入的庞大的华夏民族的心灵史、再造史、成长史的核心版图，进而廓清所谓的学者的主观臆测、地域性误判与想当然的史学假定，让读者最终明白一个朴素而简单的道理，即我们今天所指的宽泛意义上的汉民族究竟是什么人，从哪里来，又往哪里去。我能想象，这个一再被大儒们有意省略或淡化的话题一旦经由一个诗人说出，将是一个多么惊人而愉快的事件。这是一个庞大的文明体系，诗人必须深潜其中，与他们生命中的每一个遗传或裂变的基因发生直接关系，并按照诗歌的逻辑，说出其中极小的那一部分，即使是某一事件某一人物在某一时刻的某一次沉寂与活泛，都要当作诗歌的生成元素，进行必要的挖掘、整理。与进一步重组，最终以有限的语言说出文明无限的可能性。在整个过程中，诗人既是目击者、游历者、替代者，也是发现者和言说者。

当然，想写这部长诗的念头由来已久，只是不到火候，我不便轻易下笔而一拖再拖。直至疫情卷土重来，我被迫居家，才开始写这部长诗。准备工作用了一年多时间，写作用了一年多，也就是说如果没有这三年的居家生活，恐怕长诗《向北的高墙》的写作还要推后一些，至少不会这么快就能与读者见面。

现在，就让我说一说这首长诗吧，说说它在我长达四十多年的诗歌写作史上有着什么样的地位和现实意义，与我以往的诗歌相比，有多大的变化，它们的差异性何在？首先，写作的动因不同。在此之前，我比较在乎个人在这个世界上的内在感受，写作的侧重点放在诗歌的表现方式和对语言结构的精心打磨上，仅仅满足于让自我在语言的抚慰下变得放松、坦然、自洽。后来，我就不那么热衷于个人的小抒情了，开始把眼光放在群体或社会大众普遍存在的隐忍、焦虑、无助等方面，为了能更好地说出这些既是自己的同时也是大家的非必要生活，我选择由内向外转变。其次，写作的方式和方法不同。以前，公务繁忙，我一门心思要写出空灵的简短的句子，而有意回避一个诗人应该持有的对社会的关怀，大概是受了那个年代写作风气的影响吧，写了一些看上去似是而非的东西。当我不得不正面与现实生活交锋时，就觉得过去的写法有些力不从心或出力不讨好。现在，终于有了属于自己的时间，可以任意挥霍。我可以静下心来细心研读外国的当代诗歌，也可以认真梳理中国的古典诗歌，我发现二者有一个惊人相似之处，就是在诗歌的表现手法上，对抒情与叙事，从来都不厚此薄彼，而是，想尽一切办法让它们在一首诗里和睦共存。就是这个意外发现，促使我的诗歌写作进入了一个深水区，我对事与史的诗性再现与陈述，能够在一种极其平静的语态下完成。再次，写作的主题和主体不同。在以往的写作中，我关注的主题，大都是一些生活日常与个人思想的小觉醒、小意思，现在不同了，我极为注重对宏阔的具有浩然气派的人和事进行诗意的史诗性书写，《向北的高墙》就是在这样的情形下完成的一部作品，它是我几十年诗歌写作的重要收获。与此同时，写作的主体也发生了根本性变化，一直以来，我都认为在诗歌写作中，诗人的在场性是十分重要的，在许多场合，我都会反复强调，诗歌是人与诗合二为一的语言艺术，作为诗歌写作者，在动笔之前务必要提醒自己，一切从我出发。我是这样说的，也是这样做的。年轻的时候，自己在诗歌中的位置格外显眼，所写的内容都和自己的生活密切相关，总担心读者不能领会自己的言外之意，非要多说上几句，反倒因为把诗歌的空间塞得过满，让读者读过之后，觉得太堵。现在，我已进入中年，自然会淡化个人在诗歌写作中的角色意识，对琐碎的日常，也能保持着适当的距离，并主动去拥抱每一个需要仰望才能看清楚的历史真相。整个过程，体现了我对一个未知世界无尽的向往和敬意。

　　如果，我再继续深究下去，恐怕还会有更多的差异性被我发掘出来，那样我就会滔滔不绝而成为一个话痨，让人厌烦。截至目前，我没有在这些诗学问题上浪费过太多时间，作为一个诗人，在写作的过程中，能够进行一些适度的自我反省是非常必要的，但一味羁绊于写作之表的是非曲直，肯定是本末倒置了。我对那些年纪轻轻就暴得大名却低调地生活在我们身边的大诗人，敬若神明，无论多么匆忙，我都会投以真诚的一瞥，他们对世界的发现与言说都是在不知不觉中完成的,他们一直在无垠的星空闪烁,是否能看见一个后来者在茫茫人群中不辞辛苦地行走,我不知道。

但我知道,我耗时三年写成的长诗《向北的高墙》,和他们的诗歌相比,还有很大的差距,还有一些词和句子不够完美。也可能我这么快就完成这个巨大的工程,有一些草率,甚或由于自己修行不足,会笔力不逮,而伤了我与诗歌之间的和气。不过,这个世界上的万事万物,本来就各有所安,没有哪一个人或哪一件物不是抱残守缺地活在这个世界上,但愿我的努力,能让我诗歌说出被时间一再遮蔽的真相。

作者简介

　　远村，原名鲍世军，陕西延川人，诗人，书画家，资深编辑，中国作家协会会员，中国诗歌学会理事，陕西省作家协会会员，陕西省美术家协会会员，陕西省书法家协会会员，陕西作家书画院副院长，西安财经大学文学院研究员。历任陕西省作协《延河》杂志诗歌编辑，陕西省政协《各界》杂志总编，《陕西政协》杂志总编，《各界》杂志总编，兼《各界导报》副总编。1993年被评为全国十佳诗人，2022被评为年度十佳华语诗人。曾获上海《文学报》诗歌一等奖（1991），陕西省首届青年文艺创作奖（1993），双五文学奖（2001），第二届柳青文学奖（2010），中国诗歌春晚金凤凰诗歌奖（2016），第三届丝绸之路国际诗歌节金驼奖（2020），第七届中国长诗奖最佳成就奖（2022），第五届延安文学奖（2023），第七届中国当代诗歌奖创作奖（2024）等奖项。出版《浮土与苍生》《方位》《远村诗选》《画地为天》等7部诗集，《错误的房子》等2部散文集，《远村的诗书画》《向上的颂歌》《诗书画》等5部诗书画集。近年来，写诗之余，专心于书画创作，书画作品入选当代艺术九城联展（西安），西安碑林国际书法展（西安），首届中国作家书画展，当代书法名家邀请展（北京），贾平凹文学艺术馆举远村书画展暨诗歌朗诵会（西安），全国报刊社长总编书画邀请展（武汉），北美世界华人书画展（温哥华），中国当代文人书画邀请展（太仓）。

目录

浮生不居

经过一个冬天，让我们飞黄腾达的植物

还在发芽，本分得让人心疼

那些与我们相依为命的雨水

还在悬空中游走，就是不肯落下来

不肯与失血的土地和解

给它们以沉闷，以纠结

让它们替代神灵，去喂养那些无助的

被饥饿淹没的庄稼

大黄风说来就来了，来得浩荡

来得出人所料，来得防不可防

我们遥望着向北的高墙，影子躲避

贴身的浮尘，等待日光穿过村舍，又照在

被风卷起的边镇，与我们的姓氏

只有一水之隔

我们不是过客，是大地的长子

一直住在五谷杂粮中，住在黄土里的硬时光

与我们经过的岔路口，只有一炷香的误差

不值得太多的星辰流连

更早些到来的大马车

拉着一个部落、一个叫轩辕的父亲

和一个城邦

一个风雨飘摇的纪年法，向我们发出

隆重的邀请

落在草原上的小云朵，是失散多年的亲人

我不惊讶，也不放心这些白色羊群

大半个天下都在撤退

我还能坚持多久，才能长成一棵大树

没有阴凉，只有一片多病的河山，承受着

被一面高墙撕裂的危险

四月是最浮夸的一个月，高原上的河流

长出了翅膀

把人间从天堂和地狱的争吵中取出

又让一些薄情的人，刨食那些

低于秋风的草根

从山峁上的乱石堆里长出来

不安分的男人与女人，承受着

生死之鞭的抽打

他们的根扎在北方，日子过得再坏

身体和牙齿也会向北

辽阔的草原，不必内疚。深夜的鼾声里

隐藏着一个庞大的故乡，玉石中的流水，带给我们

灵与肉互撞时苍茫的战栗

小虫子们带着沙漠上多余的马蹄莲

四处吟诵

只是风吹得紧了一些，它有绝世的恩情

要将男人和村庄，再一次带坏

此刻它在哪里安身？

是左摇右摆，还是让我们逐草而居，或与墙为邻

太多的不确定毁了一个家族，一个脆弱的王朝

我什么都不知道，也不能知道

望着长发的女巫，在我们的边墙上舞蹈

背光的坡地里生长出

善于骑射的猎人。游手好闲的炼丹士

他们患了严重的鼻炎

仍然口若悬河。他们是守夜人中

最有幽默感的人

戴着一副石质的眼镜，刺探星空

还与车马店的大掌柜

偷偷地交换着情报，封锁坏消息

那些失算的游牧者，又一次，借着月光

翻墙而下，我们的盲艺人

夹在他们的马队中间

想要歌唱被蹂躏的母亲，搜集越位者

败走时留下的证据

拿着一把三弦琴，走遍整个黄土高原

都不曾停下来。他唱道："在四月的大风中

一支远征的白狄人

回到了自己的祖居地，人数那么稀少"

我还没有来得及追问，一阵马啸声，又毁坏了

更多的亲人和铁器

接着是匈奴人，突厥人，鲜卑人，党项人

羌人，女真人，蒙古人

他们像一阵老黄风，从高原上呼啸而过

他们的脚跟始终在马背上高悬着，不敢有

丝毫松懈

也不敢抱着自己心爱的女人在炕上安睡

手挽着大河，一种舍弃一切的豪迈

扑面而来

直至天下重新归一，恢复了祥和

我才看见那些未亡人，和一个图腾

拦住了我们的去路

从他们平静的语气里，我突然想起

在去往长安的马车上，和我们

一起南下的那个诗人，多年前的今天

他说："我们活在浮尘之上

谁将一把黄土扬在天上,一把含在嘴里"

这样的发问,如此亲切,如果他曾经是

我们的敌人,他会交出

怎样的答卷

是在硝烟中磨灭,还是在鲜花和掌声中

被后来者笨拙地移走

颂歌无约

所有的火焰，像陨石中的树木

在一条险路上光芒四起

歌者的小计谋，被一面神秘的镜子看穿

它的正面写着地狱，背面写着

一头雄狮的天堂

我费力很久，才从满刻着仁爱的梯子上

走下来

让人间的春天，比我们的欢呼声，和诗歌的男中音

高出一厘米

爱说笑话的脚夫，赶着大牲口

走在南下的河滩上，身后是大于苦难的天路

把我们的汉字，带入另一个复杂的现场

向上的树木，是天神的弃儿

清爽的气流，暗香浮动，它在上升时

使一只小天鹅变得沉默

那些翡翠一样透明的树干，被坚硬的风撕扯

但树枝上的落日，和落日上奔跑的勇士不会认同

它无可挑剔的歌唱声

传遍整个高原。至于那些问路者，在边墙上

留下了自己不该留下的姓名

目之所及，荒凉的土地上，歇脚的蚂蚁

扛着一棵老柳树：在北归的路上，在阳光下

河水边

它们的小眼睛

亮成一个动词，而后，又摇身一变

成为一个虚伪的说谎人

比意外的相遇，还要意外

我在大漠边梦见了歌王

更像是一次蓄意的投奔，无功而返

我选择了沉默与怀想，一点小小的历险

我把自己

靠在向北的高墙，并在墙上

写下火焰和粮食

所有的逃亡者，被我轻看

就像那些躲在陈年旧事里的胡麻，秕谷，未抽穗的稻黍

它们不被收割的每一天，凤凰在天上飞

我在它们的翅膀上安睡

那些盐湖一样深陷的蓝眼睛

我不能忘记他们

和上帝一同来到这片荒凉之地

与我们的百味草，争抢一块风干的牛粪

我当然不能将他们歌唱

在高墙下，请求他们宽恕

仁慈的主啊，请放过那些闯入者

他们是日耳曼人的逆子

波斯人的女飞贼，十字军的随从

高丽人遗忘的死士，他们是厉火，是寒冰

是我们心尖上

疼痛不已的灾难，阴影

他们的鸟语，有多少口是心非

多少是我们经常挂在嘴边的肉欲之苦

我有多么孤单

谁是我们多难的先父，谁是我们

找上门来的后人，我无法将他们一一辨认

他们的根，活在彼此澎湃的身体里

我写给他们的赞美诗

就像一只蚂蚁的理想，在斜阳下

晃动和奔跑。所有的手指，长在一起

就是一片苍茫的大森林

无论我从哪个方向

走进去，都不能将他们分开

灵出北地

被拯救的春天，是一个人的冒险

他会如何处置

死亡，是抛弃它，还是打开它

不该生锈的铠甲？

冰草一样缠身的灾祸，它有多么安静

多么无所畏惧

仿佛不知情的红沙柳，双手护头

就这样，从南来的方向

半路上集体失语，我们的呐喊声

按不住它狂野的怒火，如一支利箭

泫然而来，又愤然而去

高台上的神灵，已然醒来

伸出它古怪的舌头

想要阻止被长风诅咒的马蹄

血腥的大地上，没人见过，闯入者何时离开

路边的水红花，一言不发

跟着长生天去察看：草地上遗落的马茹子

束腰的薄丝，皮靴子，枣木雕刻的佛造像，

银质酒壶，或闻所未闻的情史

还有他们抢来的女人

睡过的兽皮，几个来不及撤退的帐前护卫

隐姓埋名的心腹，没有留下一丝口信

说长道短的异人，救命的虎符，一座被移走之后

又突然冒出的边城

它们岂能让我心安。在北风扬起的黄尘里

我听见一个黑夜，碰落另一个黑夜的声音

从冰块中穿过，一些被野蛮俘虏过的人

他们麋集于此，打开一扇，又一扇，向南的窗户

并在高墙上，喊出一连串陌生的名字

而我在每个时辰，每个名字的背后

在沙漏里，成为一朵隔世之花

仿佛是一个父亲的绝命书，对我骇言：

"栗色的头发，不相信老去的时光

与头上的神明

如同一滴水，离开了树的心脏

如同一次白天的密谋，因风而起的袭击

会把隔夜的格桑花

一朵接一朵摘下"

我的诗歌，不是一个不淑之人想忘就能

忘记的故乡。在此之前，

父亲和儿子轮流值守，他们把河洛之书

藏进广袤的黄土高原上

还把家族的血脉，按辈分依次排开

在山坡上，不把汉槐与胡杨放在眼里

只让种子，在那里

毫无节制地散开，敌意，不安

我无心顾及他们

被死亡篡改过的春天，蝎子四处横行

闪电泄露了英灵们的行踪

我听见一个熟悉的声音，经过人间

所有的村庄被裹挟，而鸡犬不宁

一些道路和房屋被损坏，另一些，找到了

躲避灾难的

不二法门。只有太阳和月亮

它们互不冒犯，轮番照在江山和美人身上，

要营救一个火中取栗的人

带着多病的孩子

在向北的路上，一路狂奔

蹈火之巫

那些忘乎所以的巫，他们在午夜的星辰下

交换着面具，手里的尖刀

闪着蓝狐之妖，麻衣紧裹的灵与肉

到不了彼岸，香火一拍即散

神秘的颂词，请求我

在暗夜深处，与他们一起狂欢

在空无一物的念词中，始终保持着一只狼

在大漠深处的凌厉之风

乱箭横飞的时刻，刀与光的谶语

从一碗黍米开始，向北，向南，不停地变化着

飞翔的姿态

像一只苍鹰，给大地投下恐怖的阴影

又对我们说出体贴之语

一个疾如残风的人，虽然色盲

却像一株不会撒谎的狗尾巴草

嘴上挂满阳光的乳房，能让怕冷的孩子

朝着火堆的方向，一夜疯狂

云裳善舞的诗人，被女巫

带回了故乡

他们和明月在一起，收拾多余的灰烬

再诵出那些神性的句子

交出一生中仅有的反哺之泪

给龙卷风，鸣镝，响马，和用来驱鬼的法器

凑上最后一支挽歌

那些隔岸观火的人，长着极易动怒的可怜相

一只领牲的绵羊，一双难以省略的狼

无所不能的通灵者，正将一些大小不一的咒符

写在一个手执弯刀的酋长头上

指日可待啊，他们正在经历着短暂的困难，扁平的安宁

厌倦了哄骗的滋味

试着用歌声抚平生死之隙

虽说不知轻重，也未领受过长生天的责罚

但是地理弯曲，天道斜了，孩子们

被来自北方以北的冷气流，逼迫得走投无路

也不在乎，忍着疼痛，危险

在一张大网中，伪装成一群沉默的小鲫鱼

时刻准备游往生命的彼岸

我的哮天犬，我的风火轮，我的千里眼
自从掉入杂粮的火山口，再没出来

仿佛是一只蚂蚁，能看见家谱里
面目全非的亲人
他们没有太大的变化，只是让一个半圆形的
透明体，在神性之夜复活
总算放弃了它刺眼的照射，我可以枕戈长眠
或抚摸着风沙粗糙的脸庞
或用右手扶着月亮，再用左手在大地上
放上一支银箭
我听见女巫说："天上的闪电，悄悄从
大地的子宫中经过
不知轻重的蚂蚁，企图毁了我们赖以逃生的河堤"
是啊，我看见暗夜里，雾锁青山
女巫的佩器，浪涛般决绝
低沉的咳嗽声，呼应声，和无辜者的呼救声
都不容分说地被她轻易吸纳
那些不可一世的蹈火者
张大嘴巴，喊出一个人或一群人难以扑灭的大火
和汹涌的
势不可当的沙石与洪流

雷公不惧

滔天的浊浪已经退去，雷公耐着性子

试着去安抚

渐渐冷下来的一块生铁

虽说互不相欠，也未获得允诺

山上高粱红了，荞麦花也开了，但要把整个

北方大地上的秋天，收入他硕大的香囊

还是有一些力不从心

如果遇到一匹脱缰的野马

他的失望，惊恐，不必夸张

只需用那种救赎的眼神，看护好它

一个跛足的邮差，就会放过那些隐形的灌木

让它们在河滩或盐碱地上生长。而我

一个曾在干旱下死过的，又曾在最诡异的水患中

活过来的歌王

给向北的高墙，投去虚弱的一笑

然后拍着黄河的肩膀，寻找一味带毒的草药

它的体内藏着十万头巨蝎。如果礼乐响起

祈雨的人，睁大干涩的眼睛

他们的腿脚十分灵便，从苦焦的土地上踏歌而过时

整个天下都为之战栗

我真的看见了，看见了就难以释怀

多齿状的野兽落地生根，在冒着白烟的雨水中

看见我们的孩子负荆而泣

他们学会了用闪电点亮夜空，用甘霖打开地狱

再用苹果之花装扮美丽的新娘

让那些来历不明的人，在单调的音乐中

尽快认出谷穗上的雷电

是啊，所有的声音，如同一匹脱缰的野马

在烈日下嘶鸣与狂啸

它们在雷公的世界里，恰似几朵云找不到

宽大的天空

所有的身体，逆势而生

来自天堂的那个人，在乌云与绵羊之间

抱着一尊被雷电烧得通红的青铜器

哭闹不止

贫瘠的土地，不再平整

那些肮脏的事物，垂目而过，那些未亡人

我能叫出她们的名字，但她们不能

我知道，我眼泪中的盐

空气中风化掉的盐，泥土的身体里苦涩的盐

与大海中澎湃的盐，搅在一起

一定难以辨认

我所承受的，或将要承受的煎熬

在某个人失踪之前，被我打发

是啊，朔风在耳边不停地号叫着

有些年头了

黄沙的呜咽声，凄厉而可怕

仿佛洪荒年代，雷公在辽阔的马背上

飞起又落下时

瞬间完成了一个人，或一个家

无法释怀的豪横与大无畏

风后如炬

目空一切啊，来去无踪，神秘的风后

掌管着人间的太平

家雀不敢司晨，被追捕的野物一直在

草丛中拼命地逃生

向南的指针，是一盘被祭起的圆形石磨

碾压着大河不规则的河床

它的去向

比鸟的视线更为复杂，通往异乡的大路上

埋伏着凶险

一座古老的石头城，险些失联

被非虚构的影子擦亮，如雾，如尘

如村庄的屋顶上升起的炊烟

仿佛一只看不见的玄鸟

追随着从闪电中归来的酋长。指南车

已经启动，风后要找回另一个时辰，另一块

高地

另一个冰草心肠的人

如同找回断裂的记忆

他怎么会消失在蛇口？在忙碌的奔跑中

他一直都守护在轩辕身边

那些不思悔过的人，过着简单而隐秘的日子

变得越来越谨慎

那些庄稼，拖着细细的长腿

像一列轻骑兵，悄然走过我们的村庄

多疑的柳絮

在喧嚣中飘荡

带着云彩，甩动长发，仓促的南下

遮住了谎言

风后经过了一条大河，听见木牛的蹄子

在踩躏大地

那些暴力的出征，始于一场

荒唐的口误，始于手中摆弄的酒器

遇见了惊雷。始于朔风，不小心越过向北的高墙

在无边的沙棘上咆哮，又在碎石片上

柔情地吹着柳笛。始于一支谣曲悲从中来

与春天同在

与轩辕的高车同在

遥远的地平线上，古老的咒语

在鹰的翅膀下，有去无回

神秘的风后，了然，自在

在轩辕的身旁站着

夏日的阳光十分困乏，他只是做了短暂的休息

就重新回到北方，像寒烟里的启明星

按照风速决定前进，还是后退

所以，极少有人知道，风后会从轩辕的身边

横穿过时间，而不被轩辕所发现

只留下一个影子

给我们后来的人，指点迷津

幽走的山鬼

幻觉中的往世，不请自来的美人

经过几十个岔路口，依然

行走在幽暗的梢林里，在洪水突然撤退

以后，她经历了迷乱

望着向北的高墙，不知家在何处？

在经历了无数次的突围以后

旱槐，刺榆和杜梨树，被一只无虞之手拎着

在南下，或北上的路上，昼伏夜出

又被刀子劫持以后

沙尘暴带来一年中，最暗淡的时刻

失散的驼队，不接受一只蚊子

不轻不重地叮咬

她的心急，是湖水对皮囊的背叛

是沙蒿与沙粒之间，因干旱而产生的

误解。仿佛她迷失了方向

不接受浮夸的灰尘，更不接纳

落日的磨灭，以后

水草与树木，一夜成精

在我们够不着的秘境，飞来飞去

她踮着脚尖，出现在木王星身旁

赤裸而柔婉

小草被带起，成为一伙会飞的蝴蝶

陶醉，任性，但不说出内心的飞

有多么重要，以后

复活的榆钱，是月亮遗失的泪腺

只要她一伸手，人间就变小了

就走不出幽暗的深林，草原再大，再美好

也不会让一只飞虫去打理

即使有一万零一次，穿越，互损

也无力

斩断有毒的姻亲，以后，水停止了哭泣

风口上的伏击

咬不动一片带血的甲骨文

只有颓废的雷雨，看护巴掌大的领地

甚至连一声怨气都不敢释放

她的坐骑，出现在我面前

被遗忘的弱水，残星，和碎石子

不断向自己的身世靠拢以后

我们的日子，才会过得了然无趣

那些自顾不暇的人

误入歧途

不在场的证词，只有她和她的亲人

在一起，反复浅酌

低吟以后

另一个世界，才会侧身而过

是啊，她披着香草的外衣，用鲜花浴体

美露洗面

仿佛天上的仙子，用天籁呢喃

密林里的小动物

一旦被她的法力所点化，所驱使以后

贫瘠的土地上，老人和孩子

就可以安然无恙

成年男子，可以抱着零散的诗篇和绣花的女人

抖掉一身灰尘，以后

她打开一扇门，悄悄地，为我们收起一片

秘而不宣的，蓝色的火焰

河神醒来

坐在岸上的河神，背负着一片干旱的大原。我看见

他栗色的长发，闪电似的，低垂在天幕上

一阵始料不及的沙尘暴，在他面前的空气中

展开它飞翔着的黄色星期一，它将我们仅有的粮仓

安置在大山深处的洞穴里，高声叫停危险时刻

鱼儿在水中无所顾忌地游走。我看见，河神歇在山梁上

心情好得风华绝尘，挥手之间，翻过早年的北墙

受伤的额头，长出些高低不一的庄稼。而远在他乡

的父亲，在等待薅草除莠的日子，昏暗的天地间

孩子在倾斜的山坡等待甘霖。至于诗人，盲目的抒情

必然落空于向南的窗户，野花是唯一可信的证词

不能伤害一棵站在旷野里的槐树，只让一个歌手被赋予

雷电的神力，再给干旱的人心带来一场及时雨

河水的嗓子眼，音域一度变窄，那些缺水的月份

等着更大的雨如期而来，而黑金一样的

云彩，在天上聚集，在黄土高原上，牛羊在炙热中

放低身子，河神的表情包，一时打不开

意味着什么？这一开一合之间，一个饥馑的年代

再也无法收回它的成命，被晒干的秋天，像一个人

端坐在白云深处，流火的空气摇晃着，要把镰刀看紧

久违的乌鸦和好看的麻雀先后失踪，传说中的骑士

也打马去了远方。我们的祷告，戴着另一层神秘的面纱

这是大雨里找不到的王法，它不在枯萎的玉米叶子

遮挡着的尘土里，也不在干硬的河床上，更不在岩石

裸露的挤兑下，而是在空荡荡的夏天里。我听见

河神的夜行衣在大地上动了一下，只动了一下

我们的钥匙就打开雨水的监狱，想想这暴雨倾盆的

情景吧，被我们守护着的万物，如无助的孤儿

听从了神的召唤，在苍茫的大地上，传颂福报

浴火重生的诗人啊，思乡的幽曲，开始浮荡

劳作的先民，红光满面，犹如岩石在扩张

何时才能把我们的脐带解下，与大地并存的颂歌

献给归来的酋长。还有巨型的胎记，飘移不定的乐章

也会扶摇直上，或者，悄然坠落。看不见失散的亲人

我在呼喊呵，我在高原上奔跑。天空和大地一样

浊浪滔天，我们一不小心，就坠入无尽的苦难

天地大合

天地大合，我是否应该，是否，至少应该

成为它们之间的稻草人，把我们的庄稼和孩子

耐心照看。即使一雨难求，天也塌不下来

如果真的，天塌下来了，我会隐身在耕者中间

等待，观望，再等待，直至某个时辰，一粒种子

在大地上悄然发芽，躲在塔楼里的钟声才会

不失时机地叫醒众生。这个时刻，我是否应该

把用来逃难的地图与一首颂诗抱在怀里，让它们

坦诚以待，必要的时候，再让它们结为兄弟

在玉帝的庭上，巧言令色，又相互提携，直至一块石头

忍不住内心的孤寂，而信口开河，直至草木的

灵魂，从高处飞回来，甘愿替人类吃苦，受过

直至雷电，成为安静的羊群，在一块盐碱地上

被饥饿放生，早出或晚归，是否，应该有意外的

荧光，等着我们来取。而低沉的河水，一再收缩

自己的地盘，不卑不亢，最终成为上天的一小滴
眼泪，打湿南瓜地里的月亮，麦秸堆上的星辰
我们因仰望而写下的万古愁。关于生殖与万物
我是否应该，用我此生来修复，减轻或加重
它们之间忙碌的危机，让它们为彼此，疗伤，止痛
让它们眼里没有孤寒，只有乱花飞渡，时间的辞令
必须在诗人的长发上，结出硕果。直至，向北的高墙
让造物主变得理性，帮我们把善恶分开，万物回归
各自的天命，之前的误会瞬间化为乌有，直至
还没有抵达的城堡，出现在我们面前。而更深的
夜，又在下一个十字路口等待，埋伏，我是否应该
应该提前打开袖中的锦囊，或者取出通关令牌
立刻收编那些失散的兵马，只要大雪不把
我的行踪，寂然覆盖。整个世界，必然会呈现
一派虚白。与我们预料的结局，还是有一点小小的
不值一提的偏差，纷乱的事物，在人间，与墙为伴
我只身犯险，进入它们易帜的营地，一手拿出面包
一手拿出一个好汉的铁胆，焐暖敌意。一万封家书
不多，也不少，正好是我为它们备下的一万个大野
让它们自愿归田务家，马放南山。从此，低垂的天空
从地平线赶来，执意隆起时间的乳房，我就是一个
多余的人，倾听星辰的窃语，像听大地的心跳

轩辕黄帝

我必须这样开头

很多年以前，这个北方大野上唯一的好汉

在风中一闪而过

他豪气冲天，像一个巨型的感叹号

但又有所省略

草地上大泽密布，一条黄色的河落荒而逃

部落是他身边的羊群

等着他放生，并和他相依

天亮饮马，吹散一夜寒气

再把生门打开，漫天的凤与凰汹涌而至

它们落在他身后，在大地上

画出神秘的符咒，一些似是而非的语调

不容争辩。就这样，他光着身子赶走了妖孽

一路向南，向西，再向东

仿佛丛林平坦，但从不缺少美和力
牛羊遍野，飞天在河洛中间飞来飞去
女人们抱着孩子，硕大的乳房在阳光下
瓷实而任性
甜蜜的口信，递给一万只巨蝎

三月三日，他来到我们身边
他要见识北方大地
上天对草木的垂怜，只有谣曲，
而无文字的至暗年代
我们的轩辕氏，他有多么孤单
仿佛一个人的战争，那些刻在石头上的暗语
那些机密，只有少数人可以辨别

那些稼穑持有者，在洪水中，抱着种子
身体极度虚弱。我必须叫五谷
一个面如粉黛、让麻衣裹体的女巫来乖哄
一个让心惊胆战的舞者，陪伴
一个让父母遗弃在
荒野上的
一头幼狮子的号叫声，吓得魂飞魄散
一个似夜光杯，将一味草药灌醉
还有一个，它必须圆润光洁，能让一个

受伤的野心家，神采飞扬

点着一堆篝火

留下黑夜一样沉重的遗愿。那些

燃烧的火焰

与战马的嘶鸣声，纠缠不休

然而，他要归来，这个好消息传遍了四方

最大的营地，载歌载舞

最小的哨所阳光如洗

因为高兴，我抚摸了一下草原的头发

最好的骑手就向我跑过来

不敢怠慢。从他眼里，我看到一个男人的内心

有多么动荡，凶险，与无助

那些无畏的拓荒者，就是无畏的终结者

这样的场面要经历多少次

才不会让他胆怯

那些命运的主宰者，一些人

因为侥幸而活下来

另一些人，在挥手之间坠落得悄无声息

我可否把他敬奉为神。除了他

还有那个指南车上的风后

那个从不失手的应龙

那个从不走错路，能识破天机

而怀抱苍生的牧野

还有那个仓颉，是他第一个写下了

至关重要的文字：三月三日，繁星如织

多么伟大的创世者

我没有理由不把他们赞美

现在，美妙的天籁驭风而至

我们的轩辕氏，气若长虹，像一匹天驹

驰骋南北

而所向披靡。仿佛天下是一颗流星，实在太小了

可以唾手摘得，仿佛后来的社稷

只是一个小小的意外

他一直爱着自己的人间，在一部蓝色的羊皮书上

所有的人，既是谷物，也是神灵

就像曾经妖娆的女娲

给人类带来生殖与烦恼

而孤独的轩辕氏，别无选择，他在苍茫的天地间

一个人调理河山，喂养日月

偶尔有一小会儿的空闲，还要侍奉昆仑山上的老母

他让太阳高悬在山上，里面住着

另一个忙碌的自己

掩护我们撤离

那个冥顽不灵的朝圣者

张开他，两只会飞的翅膀

带着大地的黄色衣钵，在南下的路上

一步三回头

而有所伤感，有所放弃

如果我不把他歌唱，枉为诗人

三月三日，落地生根，太多的植物

由他一个人经手，似乎天经地义

那些丛生的美人，各有所安

天上的雷电和北斗七星

听从他一个人调遣

毒草为药，猛兽可驱

那些暴禽，衔来了人间第一粒曙光

和我们的格桑花比邻而居

那些在旷野上相互仇视的族群，因为他一声

发自肺腑的召唤

一夜之间，就成了不离不弃的骨肉兄弟

那些一度泛滥的洪水，已经退去

河南，河北，河西

牛羊遍地，草木向荣

多年的奔波，有一些心力疲乏

我们的轩辕氏，他要回家。他要回到

生他养他的北方大野

在高高的桥山之上，画地为天

赫连勃勃

众神已经离开，现在，北方狼烟四起

当一个叫赫连勃勃的男人从黑暗中醒来

一切都变得不可预测

看见自己的父亲和乱世在一起，他毫不犹豫地

对天发誓

奢延河的水不能白流

得让这个嗜血成性的天下

先安静下来

他把杏花和桃花摆在鄂尔多斯南边

让逝者生还。又在高墙以北，放飞天鹅和白鹿

让大雁不孤，向它们中的每一个

讨要圣洁的长调。并请来遍地的芳草

赞美它们，也不谦让

他双手举起巨大的落日

跟我们对冒险家的想象，毫无二致

他一直在高原领料着那些散漫的牛羊

给它们安魂

苍鹰牵着大漠上的孤烟，骏马在草地上嘶鸣

头羊顶着风暴，跟着黄昏一起回城

他站在白墙上

像一只北方的狼站在高阔的天台上

他的威风

在向北的路上，几乎无人可挡

他让时间吃紧，让那些

热血沸腾的父亲在疯狂的沸腾过后很长一段时间

看不见

自己的祖居地，想念弱不禁风的儿子

因为欲火中烧，因为，他无法遏制

已经烧起来的火势

没有什么荣耀，可以让他拿来与之匹敌

不断膨胀的土地，因为他的僭越

而不知道如何给粮食与泥土扭打在一起的

村庄命名

甚至他的姓氏，也要改变

所以，不能一战了之。碰见一些逃难者

就以为

他们中间必然有一个

不明身份的人，在刺探人心

他一刻都没有停下，或从异乡的黄河边

忽然折返

因为太过匆忙

他的大腿伤痕累累，靴子已经磨得破烂不堪

风沙越来越远

战马挤在一起，望着繁星

在夜里，不停地打着响鼻

以梦为马的赫连勃勃，此刻，他已无暇

与心仪的公主，悄悄相会

在无边的黄尘中，纵马执剑

穿过大半个天下，他豪情万丈

从白骨堆积的荒野

席卷而来

在高墙南北，在河流

与荒漠之间。在许多个白天和黑夜

他抱着无定河裸露的脖子

喃喃低语：今夜，在哪里安身？

他相信，只要他的孩子们和大夏在一起

草会疯长

只要黄河画出的"几"字形大弯还在

天真烂漫的嬉闹就不会停止

鄂尔多斯草原，大河岸边，一次又一次

赫连勃勃和他统领的万邦，和整个亚细亚

在一起颠簸

狂欢的夜宴和宁静的婚床，一如漏风的庙堂

只能用米汤去安抚他的臣子

更像一个牧羊人，在众神缺席的那些日子

放弃了回归天堂的想法

对苦难不置一词。仿佛一只鹰在头顶上盘旋

不慌不忙的高车与大马，是他最信赖的两个随从

只要他愿意，想什么时候出发，就能

不顾一切地纵身上马

大声地喊出：舍我其谁

他有多么沉着，拥有一个男人

应该拥有的老练，豁达，与机敏

赫连勃勃，他说，我要

整个高原为之倾倒。那些干石畔上丛生的

地椒，紫梅，沙葱，山丹丹花

都在为他拼命地怒放

就连那些不起眼的酸刺与沙蒿

也开始能洞察

每一粒种子的未来

是否改变了果实原来的模样

没有足够的理由，他不会停下来

向南，或向北

过多的危险，由他一个人来承担

李元昊

不把朔方的风沙蔑视，太多的张狂

因为苦难，一直住在向北的高墙外

李元昊，他的粮仓

安放在大河的拐弯处：一片朗月，大地

绽放的棕色灯盏

野狼恶号，流沙多变

十万匹骏马在戈壁滩急速跃进

向阳花开在人间，成群结队的牛羊在一起

父亲的逆子和一个族群的软弱

毫无瓜葛

李元昊，打一声喷嚏能让整个天下

都开始战栗

那些执迷不悟的人，在号啕大哭中

面色红润的人

贫寒人家的苦孩子，他的故乡在哪里？

剑指别处：荒蛮的谷地

一条河开始干涸，一个巨大的落日，在天上

它时而在风头上站稳，时而俯冲

兄弟们集体失忆，把飞翔托梦给

那些神出鬼没的雄鹰

李元昊，家书过于单薄

两个陌生的汉字，只要能在

此刻重新相认

一根银线串起来的所有亲戚，肯定不会被

女巫的一面之词省略

而形同陌路

整个河西走廊，不会被马蹄声吵醒

贺兰山下的稻谷，见风就长

因为暴戾，不再宽宏大量

不再对死亡有一丝一毫的恐惧，密谋着

要断了异族的后路

他是一个补天的人，能把灾难的后院

腾出来，像一块麻布，能遮挡住太阳的光芒

那个穿着羊皮袄

在危难时刻可以横空而出的人

像月光放弃了沙棘和棉花，风声

再一次收集零散的情报

他要亲征，星星们鞍前马后
为他把前面的风险照亮
每一次他都能转危为安，都能让刻薄
的灭顶之灾
在一夜之间翻盘

那些不懂得进退，还自以为是的人
因为一连串的碰壁而异想天开
那些追随他的人
指缝间堆积了太多的雪梨
在快与慢之间，成为最后一个守护汉字的人
李元昊，白天分外辽阔，夜晚在女人的
身体上慢慢残废
西夏人的骄横，盐味十足
他在戈壁滩上游走，搂柴，打野火，放生
一次，又一次，悄然脱离了大本营
翻身上马的党项后人啊，心如瀚海
甚至有一些，命比纸薄

刀光飞过了牧场，蚂蚁和蝗虫
被受苦人揪心的泪水，反复击打
生离与死别，无法用一个
男人的口气区别对待
那些杏花，桃花，迎春花，在春天嚷着要回家

它们的美色，各不相让

分别生长在贺兰山下的三个地方：

瓜州，沙州，肃州

那些胆小的使者，矮小的身子在阴山下

仓惶逃窜。他们不把汗血马留下

也不把长安城里的丝绸带走

仿佛是一头困兽，要挣脱两块危石的挤压

也不在乎过了乌鞘岭，是否会陷入

另一个风口浪尖而难以脱身

李元昊，那些找上门来的人

在浮沙上苟活一世，却顾影自怜的人

那些被刻错的岩画，扭曲的字符

被简约的秘籍

那些与民风里相似的悲欢，有着必然勾连的旧梦

非但不把银州和夏州的牛羊，任意驱赶

还要把两个大胡子汉人，奉为家神

从一个高地，转移到另一个高地，李元昊

他始终不会，在祖父的面前撒谎

从老家的无定河畔出发，他找回了自己的身世

所有的山川与河流

无时不在提醒着他，不要让汉字里隐藏的血脉

在别人的一再攻击下变得

一文不值

就像宥州的这条河，不断变化的母亲河
在那里，他找到了先人的图腾，白骨和梦中人
当然，这些都是很久以前的事了，不提也罢
现在，他要离开

大道边的水红花为他开放，他有一些自顾不暇
能否把一个家族从滔天的洪水中解救出来
李元昊，横山山脉南部的高坡上
先人们一直在看着
他把崖畔上的野酸枣，轻轻拍打
像一个顽皮的孩子
他的一举一动，可爱，而惊险

他在天黑前离开，孤独，平静，退让
仿佛和一个众叛亲离的世界告别
带着自己的影子，不给局外的人透露实情
他的疑虑太多
就交由时间来解答吧
他的玩具，只需要一把弯刀一次性雕刻
就可以悬挂在雨后的贺兰山下
而不是放在我们面前
尽管如此，还是留下一些英雄的传说
让我在长安，遇上一些残缺和沟坎
还能扛起大风
对天长啸

迈开大步，星夜去赶路

如果不是去翻动那些尘封的残卷

如果，不把一〇四八年的塌陷

视为天崩地裂

我们活着，有多么冷清，多么暗淡

成吉思汗

就让那些仇视我们的人，把我们的亲人

当羔羊一样宰割的人，那些霸占我们牧场的人

那些趁着我们弱小，而抢走我们马匹的人

那些追杀我们的人

就让他们，暂且疯狂一会儿吧

长生天看着这一切。一定会让我们活下去

给我们以呵护，以爱

兄弟啊，你不知道，此刻，我有多么愤怒

多么想是一支利箭，把仇人的喉咙射穿

让他们喘不过气来

多么想，是一条毒蛇，趁着天黑钻进敌

人的帐篷

咬烂他们的心脏，让他们流血而亡

不过我不能，我的母亲啊

"我们的力量，还不足以逞强

我们应该忍让，违心地忍让"

天上的雄鹰，是不会畏惧暴风与闪电

草原上的可汗

影子到过的地方，不管它有多么辽远

都值得我们用一生来拥抱

我的族人啊，我的至亲

"不要想着有人保护你，不要乞求有人

替你主持公道

只有学会靠自己的力量，才能活下来"

宽阔的草原，河水清澈，我们要尽力扩大

自己的营盘

收留离乱的游牧民

抢回被别人掳走的女人

我们的孩子在毡房里嗷嗷待哺，我们的

牛羊在河边安静地饮水

每一棵小草，都按照

长生天的旨意而迎风站立

不要为此伤悲，这是我们的责任，

我们的命

我们的，别无选择

那些出卖我们的人背叛了自己的誓言

那些投机取巧的人，不惜以命相搏的人

要与我们结盟

他们为梦而来，带着忏悔和愧意

要和我们的大草原守在一起

拥他为成吉思汗

等待他来驱使，任由他调遣

他把奶茶端到众人面前

让他们坐在他左右，再把猎物分给

那些兴高采烈的人

还把自己的宿营地，让给他们

甚至把敌人的弃婴从战场上抱回来

让自己的母亲抚养

后来，他的好兄弟跟着他在亚欧大陆上

开疆辟土

每一个都如狼似虎

听从他的号令，接受他的责罚

绝不给黄金家族丢脸

多么奇怪啊，不可一世的霸主

被他的威名，吓得逃之夭夭

草原上的部落，纷纷来降

那些蔑儿乞人，塔塔儿人，乃蛮人，

花剌子模人

回纥人，女真人，党项人，那些精于算计的

阿拉伯人

离开了故乡，要为他效力

他给他们委以重任

让他们在草原上愉快地奔走

他对他们说：

　"我一旦得到贤士和能人

就让他们紧随我，不让他们远去"

我与他相距太远，善意的口哨声

不足以让他们策马而归

这个过于热闹的世界，没有一个人

能与他相提并论

夜幕降临时，他看着他们

在向北的路上，抱着孤烟往地球的另一

边悄悄撤退

仿佛是一个幽灵

他翻身上马，在大漠上飞奔，不知疲倦

那些野菊花，在肯特山的大树下

在那块夯实了的泥土之上，死亡从那儿

经过时

每一片树叶

从树枝上纷纷掉下来

我不敢想象，倒在那个萨满眼泪中的他

究竟是个什么样子

当大地一片漆暗

没有谁会把一个人的一生

扔给我。那些曾经的光芒

复活于歌者之前，那些烈日高照的午后

当我无数次，经过鄂尔多斯伊金霍洛旗

甘德利草原

那些持久的烈焰

被他的英明，再一次点燃

那些试图把我们带出记忆的沙漠

那些用旧的祷告词

每年三月三日，由那些朝拜者

亲自带来，和众人的追忆叠放在一起

成吉思汗，他和我们之间的困惑

已经无人能知，也无人能懂

因为一个人的宫殿

让那么多人，肃然垂首

而引发无边的感慨。正如他所言：

　"我战败之后，再没有人是你的对手

你披荆斩棘的某一天，希望你还能

记起我这个曾经的敌人"

我知道，这是他最后的忠告

哪怕是只言片语

我们也会心领神会，而恍若面见

他就是那个人，那个要毁掉我们的高墙

还要我们挺直腰杆活下去的牧羊人

他的长调，忧伤无边

有人感到十分惊讶，说在他醒来之前

人类还没有世界史，只有地区史

而他淡然一笑，他说：

"黑暗总要过去，阳光一定会来

长生天始终站在我们这一边"

李自成

经受住苦难与失败 ，一个人的舞蹈

在苍天与厚土之间，可以被鸱鹰的尖嘴赞美

也可以被口蜜腹剑的诗人发现

不是一个人的大地，而是多个 。可以激发

飞奔的驿卒

在辽阔的草原上

安抚一个，或几个北地人的慌乱

那些蓝色的月光 ，为谁忙碌

它照在向北的高墙上，如同一个预言

落在贫瘠的土地上，可以守着

一个朝代的暗伤

也可以看见一个落难的王，心急如焚

仿佛失散多年的兄弟，一只火中的大鸟

在飞 ，在歌唱。他黑色的长发

和北风的长发，搅在一起

啸傲不已，这有多么夸张

他帅气的络腮胡子

在黄沙中飞扬，简直就是一面招降纳叛的大氅

那些隔夜的粮草，闪着女人的光芒

怂恿他在亚细亚的雪地上，叱风纵马

那些一拍即倒的老柳树，等待着被无数个

像夜一样的黑凤凰

拦腰抱住

这是一个什么样的年代？什么样的喧嚣

才能让他豁然明白

风沙一样打开的鼻音，在高墙上

发出绝世的喟叹：

"只有揭竿而起，才知道天下是人家的

只有重返陕北，才知道天空那么低，

而江湖那么远"

我有多么幸运，此刻，我听见那个

叫闯王的男人

在明末的中原大地上逐鹿，整个过程

就像一阵飓风，替穷苦人受过

他的名字，接近谎言，被另一些别有用心的人

涂改得面目全非

我忍不住将写诗的桌子擂响

我要为他鼓掌，为他找回那些语焉不详的闪失

和那些封存已久的传奇

我不在乎在某一天，找回一个带病的中年人

满嘴的陕北方言，在向南的路上

丢盔弃甲

活像一匹老马，眼里含着一些只有盗火者

才能觉察的荒凉与哀伤

而且，这匹马累了，他一定会在暮色中

认出一个叫长安的诗人

如果认真听，还能听出一些汉字发出

浑浊的卷舌音

或纷乱如麻雀，放弃永昌，一个人孤独地活着

我当然要质问我自己

为什么，一个远走他乡的人

值得我如此怀念？他究竟是苦难的兄长

还是幸福的姐妹

为了一碗水，能救活一个村庄

为了一件瓷器，能在渭水边的烽火台上善待天下

为了让一条船，能在黄河的腰带上

不舍昼夜地摇摆，为了能歌唱

他选择了在民歌的掩护下

退避三舍，一直退至水草肥美的地方

住下来，就不想再走了

就一个人，牧羊，喂马

当月色如钩，我弹起心爱的三弦琴

把内心的忧愁，唱给他听

仿佛就是天意，他带着满天的繁星

跟我拉着家常

在如水的语言中，与柔情的黄河水一起

荡气回肠

仿佛是美人伤秋，天庭微酣

又像是河山大恙，错失于他的鲁莽

大明不明，大顺不顺

大西不过是一摊扶不上墙的烂泥

那些干土山上的受苦人，为了一句不纳粮

搭上了身家性命

那些衣不裹体的边民，还需要多久的忍耐

才不会在黄昏时，自乱阵脚

我看见他，在别人的土地上大声歌唱：

　"什么样的躯体，是我跑马的草场

　什么样的女儿哟，为我独守空房

　什么样的高山上，可以安顿我孤独的亡灵"

这样的呐喊，已无大用

苍老的群山素来是一言不发，许多人和事

不断被好事者刻意篡改

我知道，他已经尽力了

累倒在向北的路上，为了力不从心的承诺

他必须为亲人招魂

为黑夜里赶路的流民掌灯

为一起出生入死的兄弟，寻找最后

一块干净的墓地

让他们不要和未曾谋面的隐形人，轻易见面

我可以在清风的吹拂下，将他那张酷似

黄土高原的脸，细心描画

我站在高山之巅上，再一次看见

他对天长啸：

　“什么样的歌儿呀，是坚不可摧的长枪

什么样的季节，有回家的消息

什么样的大风哟，可以载着我的悲愁

什么样的鹰，能搏击长空”

这个长安的冬天，我有多么孤单

这样的发现，来得太迟

我要带他回家

外面的山再高，水再甜，也不能安顿他

奔波劳累的一生

他的后人，已经被杂粮喂大

知冷知暖的陕北，早为他备好了羊肉和米酒

诗人，已经把炉火生旺

我的亲人们啊，我们还有什么理由，不把这个

喜忧参半的人间，暗自珍重

附：评论二则

高蹈的人文气象与元文明的价值指认
——读远村的长诗《向北的高墙》

文 / 李晓恒

一、对话《高墙》，寻求长诗写作中物性与诗性的完美契合，从而完成对汉民族心灵史、成长史与再造史的史诗性叙事

远村的诗歌创作状态一直很活跃，他总是以超乎常人的抒写方式，表达他对生命与所处世界的独特理解。最近，他写的长诗《向北的高墙》，又是一次艰辛而富有创新的尝试。整个诗作充满瑰丽多姿的画面感与富有传奇色彩的心性意象，在多元化的新颖的形象符号元素的相生、相克、相融中完成了史与思的诗性表达。

《向北的高墙》是由九首长诗和五首小长诗组成，我是先读到他的九首长诗。这九首诗紧紧围绕"高墙"这个物象大枢纽来构建诗歌的宏大篇章，他"通过诗意的还原与理性的复述，进而给我们打开由多民族在黄河'几'字形大弯里相融而生的汉民族的心灵史、再造史、成长史"（远村《向北

的高墙》按语）。这首诗从诗歌形式的构成，让人已经能感受到诗人的匠
心独运，"九"这个数字本身就具备了强大的民族基因和文化认同，从《易
经》易数中"九"是"极阳"、是"老阳"、是天，也是父，乃至于九九
归一，到官本意识中的"九五之尊"，到民间诚信体系里的"一言九鼎"，
到文化书写中的"九歌""九章""九颂""九天"；"五"这个数字最
早见于甲骨文，本义是金木水火土等宇宙的构成要素，代表天地万物构成
元素的极限数，与"九"有同样的意思，是汉民族文化体系中的数字崇拜。
远村在诗歌写作中有意用"九"用"五"，显然是有极强的意图和指向，
从本质上说就是寻求与汉民族文化的价值认同，与自己要表达的内容形成
完美的统一。

　　《向北的高墙》是一部长诗，更是一部史诗，诗人并没有按照固有的
历史时序、历史纷争、历史沿革来叙述历史事件的起因、经过与结果，而
是一反传统史诗的时空模式，跳出具体的历史烟云，去挖掘历史背后的生
命密码，从而实现诗人对于一个民族浩瀚历史的思考与探究。这个不同于
历史学家们研究和看待历史的视角，是专属于诗人远村的叙事视角，是彰
显历史诗性的视角。他站在人类学的高度，着眼于寻求汉民族在历史长河
的纷争中一次次被消解、淹埋、重生并生龙活虎地生存发展壮大的内核力量。

　　诗人远村面对黄河，尤其是面对黄河在北方大地上形成的"几"字形
大弯，感受到的是一种动荡与再造的威力。在远村的诗歌里，黄河不只是
一条大河，更是一道天符，一道"飘忽不定、左右摇摆"的生命之咒。而
高墙的本质是阻隔，是保守，是防范，更是逾越，在诗人远村的笔下，高
墙就是一个隐喻，一个民族难以抹掉的疤痕和记忆。黄河"几"字形大弯，
它的存在本身就是一种象征，有强烈的雄性指向，张扬着一个民族积极向
上的高蹈精神与舍身大义。

　　向北的高墙，是防守，也是一种拒绝，但更重要的意义在丁激越。无

论是高墙以北的人，还是住在高墙南边的人，都有一个无法解开的死结，就是北边的人，以为只要越过高墙，天下就唾手可得；南边的人，老想着守住高墙，只要守住了，天下就还是我们的。正是这个无可救药的病态的"高墙心理"，让入侵者与防御者双方在进退，飘忽，摇摆，争夺中不断洗牌，最终浴火重生……

那些失算的游牧者，又一次，借着月光
翻墙而下，我们的盲艺人
夹在他们的马队中间
想要歌唱被蹂躏的母亲，搜集越位者
败走时留下的证据
拿着一把三弦琴，走遍整个黄土高原
都不曾停下来。他唱道："在四月的大风中
一支远征的白狄人
回到了自己的祖居地，人数那么稀少"
我还没有来得及追问，一阵马啸声，又毁坏了
更多的亲人和铁器
接着是匈奴人，突厥人，鲜卑人，党项人
羌人，女真人，蒙古人
他们像一阵老黄风，从高原上呼啸而过
他们的脚跟始终在马背上高悬着，不敢有
丝毫松懈
也不敢抱着自己心爱的女人在炕上安睡
手挽着大河，一种舍弃一切的豪迈
扑面而来

直至天下重新归一，恢复了祥和

……

（《浮生不居》）

　　就这样，一个新的民族在不断地纷争、纠结、冲突、抗争、妥协、融合中形成了自己特有的文化面貌。我们今天的汉民族的生命状态不是单一的传承和单一的衍生，而是多民族融合的结果。在远村的诗歌里，我们能强烈地感受到这一点。

　　黄河一直庇护的这方土地，由于地理空间的特殊，这片土地上很难有长期稳定的界面，始终是漂泊、流动的。活跃在这片土地上的是"浮尘""迟迟不肯发芽的植物""悬空的不肯落下的雨水""荒凉的沙地""不愿歇脚的蚂蚁""蹈火之巫""醒来的河神"，是天、地、人互相成就或毁灭的一种大自在。这里的一切不是靠指令或者儒学能黏合在一起的，是雨水、泪水、血水在大地上不断交织、渗透，从而衍生出来的根苗，并在轩辕、雷电、河神、山鬼、女巫的咒语里黏合，长在一起，成为一片苍茫的大森林。"无论从哪个方向进去，都不能将他们分开"的天地大象与万物复合。

谁是我们多难的先父，谁是我们

找上门来的后人，我

无法将他们一一辨认

他们的根，活在彼此澎湃的身体里

我写给他们的赞美诗

就像一只蚂蚁的理想，在斜阳下

晃动和奔跑。所有的手指，长在一起

就是一片苍茫的大森林

无论我从哪个方向

走进去，都不能将他们分开

（《颂歌无约》）

　　远村的诗宏大厚重，靠的是他高蹈的诗歌抒写能力，在整部长诗里，他的诗歌语言有着无可抵挡的衍生能力，意象不间断地跳跃变化，时空不间断地轮回转换，人称在第一人称"我""我们"和第三人称"他""他们"间不断切换。即便是第一人称"我"，也不是唯一的指代，"我"在诗歌中所指的是不同主体的存在，是过去时、现在时，也是将来时。通过电影蒙太奇的手法，将纷繁多变的人和物的各种存在场景复合叠加，将诗歌的单一的历史情节变成了多元的叙事推进，将固有的历史长河浓缩在特定的空间里，形成语言的核裂变效应，产生了不可思议的能量。即便翻墙而下的游牧民、口吐烈焰的女巫、游手好闲的炼丹士、疾如残风的骑士、穿着云裳的诗人、手执弯刀的酋长，这些片言只语里的形象闪现，留给读者记忆深处永远无法磨灭的印痕，想想都是奇妙的。

　　在远村的诗里，虽然没有王朝的兴衰更替、攻城略地的短兵相接、谋臣术士的锦囊妙策、佞人死士的倾心博弈，但是，在他的文字背后，我们感受到的却是战马嘶鸣、血流成河的恐怖，耳闻的是妻离子散的哀号，嗅到的是尔虞我诈的颓败，当然，更多的是他对这片土地上浮生的悲悯与爱怜。诗人在诗歌中充当了叙述者、歌吟者，既是书写的主体，也是客体，是这片土地上的一米尘埃、一滴雨、一个羸弱的士兵、一只拖着断落的树枝奔跑的蚂蚁、一个失去方向的箭矢、一句没有回应的口令、一片裸露的岩石、一张等待一场雨的干裂的嘴唇、一份无家可归的伤痛……但他更是一个布道者，他诅咒暴力、强权、野蛮、抢掠、厮杀，他诅咒偷窥者、觊觎者、传谣者、说谎者、不思悔过者……

　　那些肮脏的事物，垂目而过，那些未亡人

　　我能叫出她们的名字，但她们不能

　　我知道，我眼泪中的盐

　　空气中风化掉的盐，泥土的身体里苦涩的盐

　　与大海中澎湃的盐，搅在一起

　　一定难以辨认

　　我所承受的，或将要承受的煎熬

　　在某个人失踪之前，被我打发

　　是啊，朔风在耳边不停地号叫着

　　有些年头了

　　黄沙的呜咽声，凄厉而可怕

　　仿佛洪荒年代，雷公在辽阔的马背上

　　飞起又落下时

　　瞬间完成了一个人，或一个家

　　无法释怀的豪横与大无畏

（《雷公不惧》）

　　他以雷神的名义，渴望成为一种强大，一种庇佑，一把打开雨水牢房的钥匙。面对干旱、苦焦、"多病的河山"，诗人渴望一场"暴雨倾盆"，而不是"置身于空荡荡的诗句里……

　　我们的钥匙就打开雨水的监狱，想想这暴雨倾盆的

情景吧，被我们守护着的万物，如无助的孤儿

听从了神的召唤，在苍茫的大地上，传颂福报

浴火重生的诗人啊，思乡的幽曲，开始浮荡

劳作的先民，红光满面，犹如岩石在扩张

何时才能把我们的脐带解下，与大地并存的颂歌

献给归来的酋长。还有巨型的胎记，飘移不定的乐章

也会扶摇直上，或者，悄然坠落。看不见失散的亲人

我在呼喊呵，我在高原上奔跑。天空和大地一样

浊浪滔天，我们一不小心，就坠入无尽的苦难

（《河神醒来》）

历史总是不断向前行进的，偶有遗落，但绝不会停滞、终结。终结的只是一种现象片段，延续的才是内核与本质，对，是本质上的一次次浴火重生，是重生，必然就会有新的生命出现，更大意义上是再造，成为一种更为丰富更为强力的存在。华夏民族就是在这样的演进中成长为一棵坚不可摧的大树，是天地大合……

把用来逃难的地图与一首颂诗抱在怀里，让它们

坦诚以待，必要的时候，再让它们结为兄弟

在玉帝的庭上，巧言令色，又相互提携，直至一块石头

忍不住内心的孤寂，而信口开河，直至草木的

灵魂，从高处飞回来，甘愿替人类吃苦，受过

直至雷电，成为安静的羊群，在一块盐碱地上

被饥饿放生，早出或晚归，是否，应该有意外的

荧光，等着我们来取。而低沉的河水，一再收缩
自己的地盘，不卑不亢，最终成为上天的一小滴
眼泪，打湿南瓜地里的月亮，麦秸堆上的星辰
我们因仰望而写下的万古愁。关于生殖与万物
我是否应该，用我此生来修复，减轻或加重
它们之间忙碌的危机，让它们为彼此，疗伤，止痛
让它们眼里没有孤寒，只有乱花飞渡，时间的辞令
必须在诗人的长发上，结出硕果。直至，向北的高墙
让造物主变得理性，帮我们把善恶分开，万物回归
各自的天命，之前的误会瞬间化为乌有，直至
还没有抵达的城堡，出现在我们面前。而更深的
夜，又在下一个十字路口等待，埋伏，我是否应该
应该提前打开袖中的锦囊，或者取出通关令牌
立刻收编那些失散的兵马，只有大雪不把
我的行踪，寂然覆盖。整个世界，必然会呈现
一派虚白与我们预料的结局，还是有一点小小的
不值一提的偏差，纷乱的事物，在人间，与墙为伴
我只身犯险，进入它们易帜的营地，一手拿出面包
一手拿出一个好汉的铁胆，焐暖敌意。一万封家书
不多，也不少，正好是我为它们备下的一万个大野
……

（《天地大合》）

行文至此，我们总算明白诗人的真实意图，他除了指明历史在自己的

坐标系上应有的走向，更重要的是表达了自己对民族的人文观照，舍弃小我，成就天地间的大开大合，"时间的辞令 / 必须在诗人的长发上，结出硕果。直至，向北的高墙 / 让造物主变得理性，帮我们把善恶分开，万物回归 / 各自的天命，之前的误会瞬间化为乌有"。他要人类在必要的生存基础上放下内心以身犯险的念头，把思维中的固化之念视为敝屣，"让世界呈现一片辽阔的白"，"为生民备下一万个大野，让他们自愿归家务田"。

> 天地大合，我是否应该，是否，至少应该
>
> 成为它们之间的稻草人，把我们的庄稼和孩子
>
> 耐心照看。即使一雨难求，天也塌不下来
>
> 如果真的，天塌下来了，我会隐身在耕者中间
>
> 等待，观望，再等待，直至某个时辰，一粒种子
>
> 在大地上悄然发芽，躲在塔楼里的钟声才会
>
> 不失时机地叫醒众生
>
> ……

（《天地大合》）

二、《向北的高墙》从人类学的立场出发，还原了历史人物在民族融合史上所起的重大作用，从而建构了长诗写作中一种新的高蹈的人文精神与价值指认

　　绝不重复自己，这大概是远村在艺术创作上一直努力追求的方向，而且他从未间断。平静而从容的生命状态，让远村的诗歌抒写更加自由奔放，超然逸脱。他的诗歌表达以桥段式的搭建方式一步步逼近事物真相并强化自我判断，在厚重的人文气度及其神谕般的智慧支撑下，呈现出个性化及

其鲜明的诗性世界。

　　史诗的题材多为大众所熟知的传统故事，读者能立即进入故事情节而不至于感到迷惑。但远村的《向北的高墙》这首长诗避开了固化的传统史诗的"陷阱"，没有固定的故事情节，没有必然的起承转合，有的只是自我主观能动性的诗性表达，镜像式的再现，心性式的自我还原。整部长诗由九首组诗和五首长诗组成。关于前九首组诗，我已做了专门的分析。下文只对后边五首长诗中的五个人物做一番深层次探究，他们是轩辕黄帝、赫连勃勃、李元昊、成吉思汗、李自成。

　　诗人在他的文本里，把五个人物置于广阔的华夏民族融合的历史长河里，通过在民族交融的核心地域，即黄河在北方大地形成的"几"字形大弯，既让个体生命在各民族不断角逐、糅合、撕裂、交融的情景里活力四射，也对整个华夏民族文明史构成做了深刻的探究。诗人用他的诗歌告诉我们，在民族大融合的过程中，华夏民族一直崇尚安静、和谐、平等、自由，并通过消除野蛮、暴戾、离乱、血腥而形成强大的文明合力，不断走向繁荣。每一次相融与发展，都使华夏民族变得更有张力与弹性。史上真实的他们总是血性而豪气，就是明证。

　　　没有足够的理由，他不会停下来

　　　向南，或向北

　　　过多的危险，由他一个人来承担

　　　　　　　　　　　　　　　——（《赫连勃勃》）

　　在远村的诗歌里，轩辕黄帝是一个半人半神的巨大存在，命运注定他要"调理山河，喂养日月／偶尔有一小会儿的空闲，还要侍奉昆仑山上的老母"。他从洪荒中走来，"光着身子赶走了妖孽"，在"无文字至暗的年代"以超拔的智慧，将混乱与蒙昧的人间唤醒，并给予命名和指认。在他精心"调理"下，世界上一切灵性之物都在瞬间变得格外的明朗化，五谷、草药、指南车、文字、历法顺势而生……

　　那些丛生的美人，各有所安

　　天上的雷电和北斗七星

　　听从他一个人调遣

　　毒草为药，猛兽可驱

　　那些暴禽，衔来了人间第一粒曙光

　　和我们的格桑花比邻而居

　　那些在旷野上相互仇视的族群，因为他一声

　　发自肺腑的召唤

　　一夜之间，就成了不离不弃的骨肉兄弟

　　那些一度泛滥的洪水，已经退去

　　河南，河北，河西

　　牛羊遍地，草木向荣

　　……

——（《轩辕黄帝》）

　　透过远村的这些诗句，我们不难看出，是轩辕黄帝开启了仁爱的先河。时至今日，我们民风淳朴，内敛谦虚，除非不得已不轻启战端，珍爱和平等这些人类的美德，都来自我们的人文始祖。

　　当然不是所有的融合都是在平和中完成的。后来的每一次大融合，几乎都是通过暴力手段来解决，是在各民族之间不断冲突、纷争、杂糅中获得再生。征战和讨伐使百姓饱受离乱之苦，人们因此而渴望天下太平，渴望早一天结束兵戎相见的日子。这个时候，就会有一些豪杰站出来，替天行道，结束这种混乱局面，从而达到一种新的平衡。

南北朝时期，有一个叫赫连勃勃的匈奴人，一反游牧人居无定所的天性，在奢延河上游牢牢实实地建了一座城池，自诩大禹的后代，国号大夏，以此号令天下，统一万邦。他挥师南下，尽占秦岭以北的肥沃土地。史书里的赫连勃勃，志向远大，集聪明、机智、奸诈、蛮狠于一身。诗人在诗中这样写到道，"看见自己的父亲和乱世在一起，他毫不犹豫地 / 对天发誓 / 奢延河的水不能白流 / 得让这个嗜血成性的天下 / 先安静下来"。

他把杏花和桃花摆在鄂尔多斯南边

让逝者生还。又在高墙以北，放飞天鹅和白鹿

让大雁不孤，向它们中的每一个

讨要圣洁的长调。并请来遍地的芳草

赞美它们，也不谦让

他双手举起巨大的落日

跟我们对冒险家的想象，毫无二致

他一直在高原领料着那些散漫的牛羊

给它们安魂

苍鹰牵着大漠上的孤烟，骏马在草地上嘶鸣

头羊顶着风暴，跟着黄昏一起回来

他站在白墙上

像一只北方的狼站在高阔的天台上

他的威风

在向北的路上，几乎无人可挡

……

——（《赫连勃勃》）

赫连勃勃成为大夏国主的第一个举动就是不忘认祖归宗，把从爷爷辈失去的赫连氏寻找回来。当初他的祖先为了依附大汉改为刘姓，他叫刘勃勃。他觉得有失皇威，就把自己的名字改回赫连勃勃。把王城称为统万城，在这里，赫连勃勃建了一个以汉文化为核心的政治和社会形态，成为民族融合史上一面鲜活的镜像。

诗人的视角总是独特的。一些史学家带着社会学的偏见，对西夏王李元昊口持否定，捶楚挞伐，臧否有加，冠之"叛宋""僭号""僭逆"等罪名，史籍也不见为李元昊单独列传。但在诗人远村的诗里对他充满了溢美之词，李元昊是一个"打一声喷嚏能让整个天下都开始战栗"的非凡人物。

他是一个补天的人，能把灾难的后院

腾出来，像一块麻布，能遮挡住太阳的光芒

那个穿着羊皮袄

在危难时刻可以横空而出的人

像月光放弃了沙棘和棉花，风声

再一次收集零散的情报

……

——（《李元昊》）

北宋时期，与中原王朝同时存在的北方国家有三个，即辽、金、夏。西夏立国时间最长，达189年。境内主要有党项人、汉人、吐蕃人和回纥人。元昊效法汉礼治国，有自己民族的文字遗世。其实，西夏是从汉文化中抽身出去的一部分，是已经汉化了的党项人的一次集体叛逃，也是汉文化对河西走廊的一次扩展与渗透，它持久的存在，客观上加剧了民族融合。当然，李元昊功不可没。他不仅为我们注入强悍、血性、无畏的精神元素，更重要的是，他还给后世提出了一个强大的警示：家国兴衰，未必是因为物质生活的贫困，关键是文明的溃败。偌大个北宋，被辽、金欺辱，先是二帝被掳，后又退缩一隅，苟且偷安。而西夏在这三个强敌先后消亡与肢解之后，还存活了很多年。所以，诗人远村不无惊喜地喟叹道：

> 他在天黑前离开，孤独，平静，退让
>
> 仿佛和一个众叛亲离的世界告别
>
> 带着自己的影子，不给局外的人透露实情
>
> 他的疑虑太多
>
> 就交由时间来解答吧
>
> 他的玩具，只需要一把弯刀一次性雕刻
>
> 就可以悬挂在雨后的贺兰山下
>
> 而不是放在我们面前
>
> 尽管如此，还是留下一些英雄的传说
>
> ……

——（《李元昊》）

　　远村的这首长诗展示的每一个人物都与黄河在北方大地形成的"几"字形大弯有直接的关系,轩辕黄帝如此,赫连勃勃如此,李元昊如此,接下来的成吉思汗更是如此。整个河套地区就是他重整河山的根据地。他的出现,改变了人们对世界的认知,更改变了我们对自己的认识。这个认识不只是单一地、薄如纸片地对民族身份的狭隘指认,而是一个开阔视野下的文明碰撞与交融的真实存在。

　　成吉思汗来了,在诗人的诗歌里,他的分量比任何人都要重。面对迎面走来的成吉思汗,诗人内心的激情之火在熊熊燃烧,他没有理由拒绝发生在眼前的一幕幕搅得欧亚大陆天昏地暗的骇人听闻。成吉思汗,"这个过于热闹的世界,没有一个人 / 能与你相提并论"。在诗人眼里,成吉思汗不只是一个"只识弯弓射大雕"的莽汉,而是一个有着过人的智慧与超凡的能力的天之骄子。他知进退,善谋断,在自己力量还弱小时,他克制、隐忍,绝不贸然行动。还告诫自己的族人:

　　　就让那些仇视我们的人,把我们的亲人

　　　当羔羊一样宰割的人,那些霸占我们牧场的人

　　　那些趁着我们弱小,而抢走我们马匹的人

　　　那些追杀我们的人

　　　就让他们,暂且疯狂一会儿吧

　　　长生天看着这一切。一定会让我们活下去

　　　给我们以呵护,以爱

　　　兄弟啊,你不知道,此刻,我有多么愤怒

　　　多么想是一支利箭,把仇人的喉咙射穿

　　　让他们喘不过气来

多么想是一条毒蛇，趁着天黑钻进敌

人的帐篷

咬烂他们的心脏，让他们流血而亡

不过我不能，我的母亲啊

"我们的力量，还不足以逞强

我们应该忍让，违心地忍让"

……

——（《成吉思汗》）

当他强大了，像天上的雄鹰展翅高飞。他告诉族人："不要想着有人保护你，不要乞求有人 / 替你主持公道 / 只有学会靠自己的力量，才能活下来"。他奋翅一展，就扶摇而上。

多么奇怪啊，不可一世的霸主

被他的威名，吓得逃之夭夭

草原上的部落，纷纷来降

那些蔑儿乞人，塔塔儿人，乃蛮人，花剌子模人

回纥人，女真人，党项人，那些精于算计的

阿拉伯人

离开了故乡，要为他效力

他给他们委以重任

让他们在草原上愉快地奔走

他对他们说：

"我一旦得到贤士和能人

就让他们紧随我，不让他们远去"

……

——（《成吉思汗》）

　　这就是我们的成吉思汗，他的胸怀一如广袤的蒙古大草原，他仁爱、宽厚、有慧根，始终保持清醒的头脑。正是这样，才有了不可一世的蒙古帝国，让整个世界为之震颤。"我战败之后，再没有人是你的对手 / 你披荆斩棘的某一天，希望你还能 / 记起我这个曾经的敌人。"诗人对他的礼赞是显而易见的。紧接着，诗人又情不自禁地写道：

我知道，这是他最后的忠告

哪怕是只言片语

我们也会心领神会，而恍若面见

他就是那个人，那个要毁掉我们的高墙

还要我们挺直腰杆活下去的牧羊人

他的长调，忧伤无边

有人感到十分惊讶，说在他醒来之前

人类还没有世界史，只有地区史

而他淡然一笑，他说：

"黑暗总要过去，阳光一定会来

长生天始终站在我们这一边"

——（《成吉思汗》）

　　远村的诗歌写作，很少有旁观者的抒写，他始终在场，与主人公面对面甚至融为一体。他从来都是一个事件的亲历者，是冰与火、真与伪、善和恶相互交锋的见证者和言说者。他会冷不丁地站出来，为诗歌的主人公壮行喝彩，抑或促膝长谈，把酒言欢。写到高兴处，他会替主人公代言，俨然与主人公心神合一，价值取向也会同频共振。

　　李自成是诗人《向北的高墙》这首长诗中写到的最后一个人物，着笔也最多。我印象中远村给李自成写过不止一首诗，我至少见过三首。可见诗人对诗歌的主人公有多么偏爱。眼前的这一首我更为喜欢，诗人始终保持着一种近乎陕北信天游式的叙事语调，让读者与李自成一起经历了那些不堪回首的艰难岁月，就像久别重逢的兄弟一样，击掌欢言。就是这个邻家大哥，给风雨飘摇的大明王朝以最后一击。他成功了，但也败北了。并一退再退，退到无路可走。

　　　我忍不住将写诗的桌子擂响

　　　我要为他鼓掌，为他找回那些语焉不详的闪失

　　　和那些封存已久的传奇

　　　我不在乎在某一天，找回一个带病的中年人

　　　满嘴的陕北方言，在向南的路上

　　　丢盔弃甲

　　　活像一匹老马，眼里含着一些只有盗火者

　　　才能觉察的荒凉与哀伤

　　　　　　　　　　　　　　　——（《李自成》）

　　远村以镜像式画面呈现出的李自成，形象而妥贴。作为诗人和画家双

重身份的他总是能出其不意地捕捉住最能体现人物内心世界的画面，用极其简约的笔触，勾勒出所要表达的意象，构成生动而富有张力的画面。这样的精彩，在他的诗歌里随处可见，我就不一一赘述了。

远村没有过多地写李自成攻城略地、杀伐决断、势如破竹的事实，更多的是从人物的心路历程来展开必要的想象与复原。

> 为什么，一个远走他乡的人
>
> 值得我如此怀念？他究竟是苦难的兄长
>
> 还是幸福的姐妹
>
> 为了一碗水，能救活一个村庄
>
> 为了一件瓷器，能在渭水边的烽火台上善待天下
>
> 为了让一条船，能在黄河的腰带上
>
> 不舍昼夜地摇摆，为了能歌唱
>
> 他选择了在民歌的掩护下
>
> 退避三舍，一直退至水草肥美的地方
>
> 住下来，就不想再走了
>
> 就一个人，牧羊，喂马
>
> ……

——（《李自成》）

李自成虽然鲁莽，但他开启了新一轮的民族大融合。站在民族融合这个立场，李自成的功劳是不言而喻的。诗人毫不含糊地表达："我知道，他已尽力了／累倒在向北的路上，为了力不从心的承诺"。从民族融合的历史角度来看，轩辕黄帝是个开头的人，李自成结了个尾，形成一个完整的民族融合闭合圈，而这两个人又来自同一个地方，即黄河几字形大弯，中

间跨越了数千年。而赫连勃勃、李元昊、成吉思汗恰恰也是在这个地方，他们不过是这个闭合圈上的三颗极其耀眼的永不坠落的星辰。

　　远村的这首长诗，让那些历史人物带着我们穿越了几千年的民族融合史和发展史，让我们近距离地跟他们一起出发，远征，回归，这真是一个近乎神谕的精神漫游。正如诗人在一首诗中所言："没有他们 / 我们活着多么冷清 / 多么暗淡"。所以，我要说，好的诗歌就是这样，不光能调动读者的想象，还能拉着读者跟那些高处的星辰一起历险。

盘踞于心灵城堡的母语述说

——读远村的长诗《向北的高墙》

文 / 绿　岛

摘要

总之，这是一部处处充满着生命感应和律动、感召着人性回归、寄托着诗人对于母语崇拜的匠心之作，具有强烈的人文关怀和返璞归真审美取向的作品。他不但为当下萎靡、淫邪，乱象丛生诗坛的敲响了震耳欲聋的警钟，更为 21 世纪中国诗歌的走向提供具有核心价值的参考。所以我说，远村的诗歌在泥土的芬芳与厚重里，高擎着质朴与人性的大纛，用生长在身体里的母语，以讴歌生命、自由、艺术为己任，以探索、开拓诗歌的疆土为使命，为我们创作了具有时代感和历史感的史诗性诗篇。

关键词

诗歌人性生命母语

在精神的层面乃至诗歌美学的范畴来考量，诗歌的力量必将来自庞大的心灵内部，这种内核式的情感大爆发，也许能够摧毁整个世俗的社会，继而让才我们的这个世界更加地澄明、高尚起来。

那么，这种内在的心灵能量积蓄到底是什么，又是什么媒介的介入在一个神秘的临界，点燃引爆了它巨大当量的情感释放。我以为这种原始的燃料将是诗性与神性在一个多维空间的共融、共生的结果，而来自诗人血脉之中的母语元素，全方位地承载了在某种气场之下应运而生的强大的述说。事实上，这种述说往往是在文字驱使的背后，诗歌文本的呈现也只是一种外在的表象，真正的诗意（气场）则是在文本之外。当然，这里所说的诗歌（魔性）创作与心灵意志的设置，则需要高水准的诗人来完成，也同样需要一个高水准的心性界面来感悟。

不难看出，著名诗人远村的长诗《向北的高墙》，就是这方面的一个典型范例，他成功地做到了心灵与情感的共融与共振，完成了来自身体内部的近乎于原始的母语述说，而这种述说恰恰是辽阔而雄浑的，是高蹈而质感的，又是原始而朴实的，现代而又前卫的。他代表了生命的律动与自由的向往与渴望，是人性的辉光在泥土中得以回归的一种不可违逆的宏大夙愿。

《向北的高墙》全诗由《浮生不居》《颂歌无约》《灵出北地》《蹈火之巫》《雷公不惧》《风后如炬》《幽走的山鬼》《河神醒来》《天地大合》等十四个篇章构成，诗歌气势浩瀚、恢宏，犹如行云流水、亦似金戈铁马从天而降，颇有大兵压境之惊怵感，每每浑然天成之际，更有刀光剑影、浴火重生之慨叹。

对于这部长诗，我主要谈以下几个观点。

一、以人性为本，追逐"向北的高墙"

诗歌中强大的原始情愫底蕴，烘托着人性的光芒向着自由疆域挺进。而全诗每一个意向群的生成，都可视为庞大的动词在浩然气势中的倔强蠕动。向北是一种原始的欲望与冲动，而向北的高墙则是这种欲望的延伸与辐射，又是情感与理性的不可回避相互冲击。此时，回归又成了诗歌的另一条主线，这种理想的回归，既是对美好情感和事物的迎迓，又是对严酷的血淋淋现实的无情抨击。

在这里需要解答一个为什么要回归的问题，可以明确地讲是因为世态的炎凉，现实的残酷，物欲的吞噬，精神的濒临崩溃。诗人一定要用诗意的翅膀去追寻一个理想的王国，那是一种生命本真的极致，是艺术殿堂里梦幻的最大真实。于是，诗人选择了回归过去的好时光来作为依托和借代，去完成诗歌中洪水一样强烈情感的宣泄与释放，当然这也仅仅是全诗主题运行的一个方面而已，诗歌中还潜藏着诸多而宏阔的审美诉求。

二、原始意念的生成与母语崇拜

诗歌中，对于原始意念的追溯是一个庞大的主题。原始的存在尽管很遥远也很虚无，但在诗人的视野中它就在眼前，这是一个有形、有感的存在，它可以是时间的，也可以是意识的；它可以是情感的，又可以使梦幻的。总之，原始的意念生成审美复合的结果，它是诗歌中汪洋中无所不在的潜流，它决定着水流的方向波浪的缓急，也可以说它是诗歌中的盐。

贴身的浮尘，等待日光穿过村舍，又照在 / 被风卷起的边镇，与我们的姓氏 / 只有一水之隔 / 我们不是过客，是大地的长子 / 一直住在五谷杂粮中，住在黄土里的硬时光 / 与我们经过的岔路口，只有一炷香的误差 / 不值得太多的星辰流连 / 更早些到来的大马车 / 拉着一个部落，一个叫轩辕的父亲 /

和一个城邦

一个风雨飘摇的纪年法，向我们发出隆重的邀请

——（《浮生不居》）

四月是最浮夸的一个月，高原上的河流 / 长出了翅膀 / 把人间从天堂和地狱的争吵中取出 / 又让一些薄情的人，刨食那些 / 低于秋风的草根

——（《浮生不居》）

比意外的相遇，还要意外 / 我在大漠边梦见了歌王 / 更像是一次蓄意的投奔，无功而返 / 我选择了沉默与怀想，一点小小的历险 / 我把自己 / 靠在向北的高墙，并在墙上 / 写下火焰和粮食

——（《颂歌无约》）

在诗歌中诗人这样大声地喊出了："我是大地的长子，一直住在五谷杂粮中，住在黄土里的硬时光。"诗人说："让一些薄情的人，刨食那些低于秋风的草根……我把自己，靠在向北的高墙，并在墙上写下火焰和粮食。"如此的袒露，可以视为这是诗人对自己的灵魂，也是对于所有读者的最忠诚、最坦白的一个交代。庄稼、草根、粮食、火焰，都可视为诗人意念中回归的载体和物象。

母语，是一个鲜活的存在，注定是诗人身体内部奔涌的血浆，在诗歌的世界里，没有了母语就意味着没有了一切。毋庸置疑，远村是自己母语的崇拜者，他一以贯之地坚持母语写作，用母语来传达、表述自己澎湃的激情与生活的感受，用母语来诠释自己生命的理念。于是，他的诗歌开始在仅仅属于远村自己一个人的母语世界复活。当然，在诗歌表述的层面，母语并不是一个简单的概念，也不是一种单纯的表达符号，它一定是融入

在创作者的骨血中，时时刻刻地运行在他的血肉与骨骼之中，它是一种恒久的创作的理念与方向，是特定的诗歌创作平面的传承和反哺，具有现实和历史的意义。

在远村长诗《向北的高墙》中，母语的铺展、原始意象的回归与主题的深远、厚重，无疑奠定了该作品多维的审美向度，作为诗歌创作的艺术高度应运而生。所以，对于传统母语表述的承袭态势，并在这种独特语境下对于人文情怀的强烈关照，将是长诗《向北的高墙》最大的艺术特质之一。

三、像丛林一样疯长的语言

如果说远村的诗歌语言是一片茂盛的丛林，那么诗人自己就是出没在这片森林里猎手。他用手中的笔寻找猎物，用目光点燃每一颗飞翔的子弹，那时，诗人和诗歌应声中弹，倒在了那片属于自己的梦幻牧场。在我对这部作品的阅读感受中，似乎能够听到一种金属的声音由远而来，它是在不容分说地践踏、占领你的心域，直到统领了你全部的精神世界。我想，这是生命诞生时的奔走与呼号，是自由的呐喊乃至抚尸的痛哭。与其说这是语言的力量，不如说是诗歌本身的魔力之所在。

一座古老的石头城，险些失联／被非虚构的影子擦亮，如雾，如尘／如村庄的屋顶上升起的炊烟／仿佛一只看不见的玄鸟／追随着从闪电中归来的首长。指南车／已经启动，风后要找回另一个时辰，另一块高地／另一个冰草心肠的人

——（《风后如炬》）

幻觉中的往世，不请自来的美人／经过几十个岔路口，依然／行走在幽暗的梢林里，在洪水突然撤退／以后，她经历了迷乱／望着向北的高墙，不

知家在何处？／在经历了无数次的突围以后／旱槐，刺榆和杜梨树，被一只无虞之手拎着／在南下，或北上的路上，昼伏夜出

——（《幽走的山鬼》）

天地大合，我是否应该，是否，至少应该／成为它们之间的稻草人，把我们的庄稼和孩子／耐心照看。即使一雨难求，天也塌不下来／如果真的，天塌下来了，我会隐身在耕者中间／等待，观望，再等待，直至某个时辰，一粒种子／在大地上悄然发芽，躲在塔楼里的钟声才会／不失时机地叫醒众生。这个时刻，我是否应该／把用来逃难的地图与一首颂诗抱在怀里，让它们／坦诚以待，必要的时候，再让它们结为兄弟

——（《天地大合》）

这个时候，语言就可以是诗歌跋涉千山万水的足，是跨越悠悠时空隧道的翅膀，它栖息在一片没有生命的沙漠，沿着一条河流逆水而行，它们走过先人们的土地、村落，沿着落日的城堡一路西行，最后回到天地大合的神秘家园。

时光过去一千年，就在一个灵魂出窍的子夜，有夜莺飞过头顶，突然"向北的高墙"从诗歌中走出，她是女神，是诗人爱恋终生的那个女神，沿着诗人的肉体走出，幻化成鲲鹏，扶摇展翅飞过高墙，消失在诗人的视野。

时光已死去，可语言还活着，我们只能让诗歌为所有的记忆残骸收尸。

总之，这是一部处处充满着生命感应和律动、感召着人性回归、寄托着诗人对于母语崇拜的匠心之作，具有强烈的人文关怀和返璞归真的审美取向的作品。它不但是为当下萎靡、淫邪、乱象丛生的诗坛敲响了震耳欲聋的警钟，更是为21世纪中国诗歌的走向提供具有核心价值的参考。

　　所以我说，远村的诗歌在泥土的芬芳与厚重里，高擎着质朴与人性的大纛，用生长在身体里的母语，以讴歌生命、自由、艺术为己任，以探索、开拓诗歌的疆土为使命，为我们创作了具有时代感和历史感的史诗性的诗篇，可喜可贺。

　　以上为一家之言，文责自负，如有谬误之处，愿与方家商榷。

附：访谈三个

远村畅谈诗歌在现实中的地位：
诗歌始终是与人类命运休戚与共，
也与我们的民族精神同在

《阳光报·非常对话》访谈

编者按

　　诗人远村是一个儒雅、谦逊、永远显得很低调的人，他很少主动谈及自己的艺术成就，却常常主动谈起出身陕北的作家柳青、路遥。也如其他的陕北人一样，远村身材颀长，脸盘大，浓眉隆鼻，有络腮胡，并对文史知识极有研究，见识也独特出众。聊到柳青、路遥等人的生平及性格，他喟叹，只有在陕北高原上，才会出现这样悲剧式的英雄。他说，柳青、路遥终其一生献给了文学，他们的作品呈现了一个时代及一代人的向往和心灵挣扎。价值更多的也是在精神方面，是对文学宗教般的虔诚，包括在困难日子里，对普通劳动者的人格力量的感召与唤醒。柳青曾经说过："没有一个人的生活道路是笔直的、没有岔道的，有些岔道口，譬如政治上的岔道口、事业上的岔道口、个人生活上的岔道口，你走错一步，可以影响人生的一个时期，也可以影响一生。"柳青的一段话，路遥在写《人生》时，将其放到了自己小说的开头，可见，柳青对路遥的影响有多么巨大。

主持编辑：季　风《阳光报·非常对话》编辑）

对话嘉宾：远　村（著名诗人、书画家、资深编辑）

时　　间：2023 年 4 月 20 日　　15:47

嘉宾简介

远村，陕西延川人，诗人，书画家，资深编辑，中国作家协会会员，中国诗歌学会理事，陕西省作家协会会员，陕西省美术家协会会员，陕西省书法家协会会员，陕西作家书画院副院长，西安财经大学文学院研究员，陕西山水画研究会学术委员会副主任。

1993 年被评为全国十佳诗人，2022 年被评为年度十佳华语诗人，曾获上海《文学报》诗歌一等奖（1991 年）、陕西省首届青年文艺创作奖（1993 年）、双五文学奖（2001 年）、第二届柳青文学奖（2010 年）、中国诗歌春晚金凤凰诗歌奖（2016 年）、第三届丝绸之路国际诗歌奖金驼奖（2020 年）、第七届中国长诗奖最佳成就奖（2022 年）等多项奖励。出版《浮土与苍生》《远村诗选》等 6 部诗集，《错误的房子》等 2 部散文集，《远村的诗书画》《向上的颂歌》等 5 部诗书画集。

近年来，远村在写诗之余，还专心于书画创作，其书画作品被称为当代文人生活的诗性书写。2013 年在西安亮宝楼、榆林、延安三地举办个人书画展；2014 年书法作品入展当代艺术九城联展（西安）；2015 年书法作品入展西安碑林国际书法展；2018 年书法作品入展首届中国作家书画展（北京）、当代书法名家邀请展（亮宝楼），在贾平凹文学艺术馆举办"得意忘言——远村书画展暨诗歌朗诵会"（西安），2019 年参加全国报刊社长总编书画邀请展（武汉）、北美世界华人书画展（温哥华），2022 年中国当代文人书画邀请展（太仓）。

季风：我注意到前些日子，您荣获第七届"中国长诗奖"最佳成就奖的《向北的高墙》，是一部颇受诗界关注的长诗作品，全诗长达 1500 多行，由 9 首长诗和 5 首小长诗组成，是对汉民族生发史、再造史和多民族融合史的一次全景式的诗性观照与表达。能否讲一讲究竟是出于什么样的写作动机，让您要完成这样一部这样气势恢宏的诗歌？

远村：20 多年了，我一直主编《各界》杂志，这是一本文史类刊物，为了办好刊物，我系统地翻阅了中国古代史、近现代史、当代史，有些地方还进行了认真的考证与研究。我发现，在漫长的中华文明史中，每次大规模的民族融合，都无一例外地要在北方大地上黄河流过时形成的"几"字形大弯里完成。当然别的地方也有，大多是小打小闹。一切的不安、骚动、再造，最终都会选择性地在这里完成一次根本性的逆转与重生。作为诗人，作为其中的一员，我有责任把发生在这里的一切或被遮蔽的部分告诉我的后人。所以，我用了将近三年的时间创作了长诗《向北的高墙》，以诗与史的双重弹奏，来讴歌和赞美我们这个伟大的民族。

季风：您的写作始于 20 世纪 80 年代中期，成名于 90 年代初期，应该说是在陕西乃至全国产生广泛影响的一位诗人。30 余年的创作使您目击并经历了改革开放以来现代汉语诗歌发展的全过程，从这个角度讲，作为一个一直在场，一直走在时代和诗歌进程中的诗人，您可否谈一谈自己的诗歌状态？

　　远村：当然可以。诗歌的语言建构、思想蕴含，乃至史诗品质，是一个诗人区别于另一个诗人的本质性特征，也是一首诗不同于另一首诗的基本立场，如何选择一个与众不同的角度，书写愈发成熟的诗歌语言和价值体系，是我一直努力的方向。近两年来，我的诗歌写作由心境抒情转向了当下的叙事现场，通过对事物更为具象化和细节化的感知与表达，对复杂现实经验的解析与处理，在文本上逐渐形成了属于我个人的值得信赖的陌生而新异的审美体系，正是这种陌生和新异，让我没有刻意回避时代变化给我们带来的各种新际遇、新问题，而是主动抵达鲜活的、具有可读性和思辨性的当下诗歌现场，试着用自己的语言说出生活及生命的本质。

　　季风：我读到您的一本诗集，叫《远村诗选》，这是您的第几本个人诗集？诗选内容应该是您艺术最成熟的作品了，并配有您的部分书画作品，书法以行草为主，绘画是您习惯的由焦黑、赭黄组成的视觉效果，这是您理解的诗歌样式和情感底色吗？

　　远村：《远村诗选》收录的诗歌，是我从 2017 年以前出版的五部诗集中筛选出来的，共有 180 首，是我在不同时期、不同年龄段写作的一个检索式再现，是对自己比较满意的诗歌作品的精选，也是我的第六本诗集。陈忠实老师生前曾给我的诗集《浮土与苍生》写过一个序言，他说过这样一段话："读完远村的诗歌作品，我越来越明晰地看到一个诗人不倦的追求之路。远村的创作大体经历了三个阶段，诗人的角色也发生了三个根本性转换，即家园的守望者——城市的旁观者——现实的思考者。"现在回头看，陈老师是了解我的创作过程的，对我的这个判断无疑是准确的。我一直认为，诗人不同于作家、书法家和画家的身份。诗人是诗和人的高度统一。有诗无人是虚假，有人无诗是庸俗，诗人合一才是真正的大道。现在时代不同了，语境变了、人变了，诗歌自然也要跟着变，否则，就是不断重复自己或他人的无效写作，等于自欺欺人。顺便说一句，《远村诗选》书中插入了我的 20 幅书画作品，纯属为了阅读的视觉需要，跟诗歌的内容没有太多关联。

季风：陕北出信天游，无论男女老少，人人张口即唱，年龄越大越苍劲，更带韵味。陕北也出诗人。路遥在年轻时也写诗，不知道他会不会唱信天游？我在想，为何在陕北广袤的土地上容易出诗人，是否与民歌的熏陶有关呢？

远村：信天游对于陕北人来说，是根植于骨子里的东西，再恓惶、再苦焦的日子，陕北人都能找到自我宣泄的出口，就是用歌唱来平复内心的波澜。

我是这样想的，信天游跟我的诗歌创作没有任何直接的联系，但我曾多次讲过，我们陕北人天生就是艺术家，无须启蒙，只要你是陕北人，你就可以自由自在地在高原上行走，累了、伤心了、高兴了，你就可以扯开嗓子吼几声，这是上天对陕北人的恩赐。谁让我们生活在这样一块豪气冲天的土地上呢。我们活着，就是为了要告诉世人些什么，我们的歌唱，像阳光一样温存、如空气一样熨帖、和爱情一样美好。信天游就是这样一种东西，是陕北人一种特别的生活方式和生长见证。而我个人一直沉迷于写诗、写字、画画，无非也是想用自己的方式，告诉人们这是一个充满浪漫主义气质的陕北人的精神世界。如果一定要说民歌对我的诗歌有影响，那一定是读者从我的诗歌里，看见了那种与生俱来的信天游式的张扬，豪迈与旷达。

路遥年轻时的确写过诗，而且《人民日报》还报道过，但他在自己编纂和审订《路遥文集》时，并没有将年轻时写的诗歌收进去。他的诗人情结还在，大概在 1991 年夏天吧，他跟我多次谈论过诗歌，有一次，他郑重其事地对我说："小说太沉重了，不像诗，可以轻松抵达灵魂想要去的地方。"他让我讲一讲当代诗坛的现状，有哪些代表性诗人和代表作品，我知无不言，一一作答。他离开时还拿走了我书桌上的两本书，一本是海子的诗集，另一本是关于诗歌赏析方面的，好像是评论家程光炜的书。

路遥的民歌唱得很好，许多他的老朋友在回忆文章中时有提及。我也听他哼过几次，都是两人在晚上聊天时，一时兴起，他放低嗓子唱了《就恋这一把黄土》。这首歌是 1990 版的 14 集电视连续剧《平凡的世界》的主题曲，他唱得很投入、很动情。还有一次，他扯开嗓子唱了一首陕北信天游《穿红鞋》，刚唱了两句，大概意识到是晚上，很快压低声音，但低沉的男中音更有穿透力，让人听着伤感、难受，直欲落泪。

季风：您在《延河》当诗歌编辑时，和作家路遥相识相交，路遥的人格和文学对您有过什么样的影响？路遥在病重住院时，为何选择您去陪护照顾，有没有出于别的因素考虑？还是仅仅出于你们同为陕北老乡及文学兄弟的感情？

远村：在我进《延河》工作之前，我们见过两次面，真正交往是我到了《延河》编辑部以后才开始的。那几年，他好像没有什么大的写作安排，基本上在作协院子里待着，每天下午，都会在编辑部的院子里见到他，不是坐在藤椅里晒太阳，就是在同事办公室里聊天。别人都说路遥的生活是早晨从中午开始的，却很少有人知道，他每天都在凌晨三四点后才休息。我当时一个人在西安，晚上住在办公室里，路遥就主动来找我聊天，起先隔三岔五，后来几乎每天都来。虽然跟路遥聊天，受益颇多，但他每次都是凌晨三四点才离开，他走后，由于熬过了夜，我一时又难以入眠，第二天早上还得按时起床上班，我的生活规律被他搅乱了，时间久了，身体也吃不消，大概是 1992 年初夏，我在后村租了一间平房，不再住办公室。

我和路遥都是从延川出来的，平时又聊得来，所以，他有什么事都来找我，凡是他扛不动的事，自然落到了我的肩上，比如换煤气罐、搬蜂窝煤等出力气的活，当时年轻，我还能支应。他在西京医院住院时，上初中的小孩没人管，他把我叫到病床前，托付我去看管，我答应了，后来他的弟弟王天笑一个人在医院伺候他，实在招架不住了，路遥又给我说："没办法，还得麻烦你，九娃一个人白天晚上连轴转，把他撂倒了，叫谁来陪我，你白天到医院顶替一下九娃，让九娃休息，吃饭。"遇到这种情况，搁谁都会答应，更何况平时老在一起，又是延川老乡，加上他还是我内心十分尊敬的兄长。只是苦了我自己，在医院和他家两头跑，大人娃娃都要照顾，编辑部的活还要干，我当时得了胃病，身体状况每况愈下，真不知能撑到什么时候，路遥病重的那一个多月，也是我一生中最无助也最辛苦的日子。

你问我路遥对我的影响，我想主要不是在写作上，而是在做人方面，他身上始终有一股使不完的劲，一种要压倒一切的劲，一种干大事的优秀男人所秉持的不达目的决不罢休的劲，即使重病缠身，他仍然能激昂面对，还安慰来医院看他的作家朋友，要保重身体，等他出院后，一起到气候好的地方休养。还说等他出院了，一定要把作协的工作搞好。我认为，好男儿就应该像路遥一样，不到最后，绝不轻言放弃，正是他的这种人格魅力，激励了我，让我在医院，坚持陪他走完了生命的最后一程。

季风：柳青、路遥都是从陕北走出来的大作家，一方水土养一方人，大家甚至认为只有在陕北的土地上，才能出"咬透铁"的狠劲人，在写作上，也犹如老农经营土地一样深耕细作，才能写出特别坚硬、扎实并且气象宏伟的大作品。您是怎么看待这两位作家的？

远村：柳青和路遥其实是两代人，他们的生活背景、人生阅历和社会环境都不尽相同，但他们都有一个相同的生身热土，它的名字叫陕北。陕北这个地方，在漫长的历史长河中，一直是中原王朝的北部边疆，这里的人守土有责、抱团取暖，家国一体的认知在陕北人心里扎下了老根，谁也撼动不了。我们仔细比较一下，《创业史》是以梁生宝办互助组的发展为线索的，表现了中国当时在社会主义改造进程中的历史风貌和农民思想情感的转变。他把农业合作化运动放在中国的历史长河中去考察，进而写出历史演进的趋势，而非仅仅就合作化去写合作化。《平凡的世界》是以孙少安和孙少平两兄弟为中心，刻画了农村青年在改革年代的彷徨、觉醒以及奋斗历程，深刻展示了普通人在大时代历史进程中所走过的艰难曲折的道路。我发现一个有趣的事情，就是一个大时代的开启与闭合的历史见证，好像是由两个陕北作家共同来完成的。两位作家在精神上表现出高度的一致性，实在令人吃惊。还有，他们的做事风格也极其相似，柳青为了写《创业史》，放弃北京优渥的生活条件回到陕西，14年深扎长安县的皇甫村，直接参与到小说中那些人物的生活中，与他们同呼吸、共命运。路遥为了写《平凡的世界》，也是常年深入田间地头、煤矿、乡下集市去体验生活，为准确把握时代的脉搏，为了刻画人物，他竟然翻阅了那十年间中央、省、市的党报。柳青每写完一章，先让《延河》编辑部的编辑们传阅，听一听大家的意见，修改后再发表。路遥也是，他每写完一段，就急着跟身边的人分享，有时还大声读给别人听，问写得怎么样。记得他在编辑部的一间房子里写《早晨从中午开始》，有一天晚上十一点多，他叫我过去，拿起刚写好的内容给我读了一遍，还问我写得怎么样。我说，好！他对我这么快就回答"好"，似乎并不满意，把稿子撂到书桌上。沉默了一会儿，"哎"了一声，看着我说，"我好像忘了吃晚饭，你去街上买两个烧饼。"

季风：评论家评价您的诗歌时说，诗人远村的诗歌意境高远，几乎看不出陕北高原地域的味道，我读了也感觉如此。您如何看待自己的诗歌写作？这些年还有什么新的写作突破？

远村：我一直主张诗歌写作时，诗人一定要在场，无论什么题材、什么境遇、什么形制，只要诗人有足够多的时间停下来，厘清人与自然、人与社会之间的关系，尤其是要妥当处置环境与自我的关系，让它们之间所存在的客观的逻辑关系转化为形而上的诗歌语言关系，从而有效地说出最为激动人心的、最为本我的那一部分，我是说诗人从来都不会负责全部，只要说出自己认为最重要的那一部分就可以了。

就以我的长诗《向北的高墙》为例吧。它首先是一首大诗，大得足以让阅读者心惊肉跳而喘不过气来。一个民族的文明史、发展史、再造史相互交织而成的一张诗性之网，被我用诗歌语言的形式张开。其次，这才是一首长诗。长诗写作是一个复杂的系统工程，所有的选项都指向一个鲜活的对应物，而这个对应物是具有物的客观性和可感性的，只有当物性与心性融会贯通了，才可以抵达更高语境的诗性，这就自然而然地引出了一个事关诗歌写作的命题，即如何贯通、如何抵达。就是基于这个原因，一次次尝试与自我考量后，我才迫切地付诸行动。全诗由9首长诗和5首小长诗组成，长诗围绕着高墙这个物象，敞开多民族在黄河"几"字形大弯里相融共生的伟大史诗，五首小长诗分别以轩辕黄帝、赫连勃勃、李元昊、成吉思汗、李自成五位人物为主线，对他们在高墙南北叱咤奔腾的历史真相进行诗意的还原与理性的复述，以期抵达我们一直以来难以进入的庞大的华夏民族心灵史、再造史、成长史的核心版图，进而廓清所谓的学者们主观臆测的地域误判与想当然的史学假定，让我们最终明白一个朴素而简单的道理，即我们今天的宽泛意义上的汉民族究竟是谁，我们从哪里来，又往哪里去？我能想象出来，这个一再被学者们有意省略或淡化的话题由一个诗人说出来，那将是多么令人惊讶而又愉快的事件。

在这样一个庞大的文明体系中，诗人必须深潜其中，与他们的每一个遗传或增生的基因发生关系，并按照诗歌的逻辑说出极小的一部分，即使是某一事件、某一人物在某一时间段的某一次沉积与活泛，我都作为诗的生成进行必要的挖掘与再现，最终以有限的语言说出生命的无限的可能性。在整个过程中，我既是目击者、游历者、替代者，也是这个时代的发现者和言说者。

季风：您前面回答得真好，《向北的高墙》肯定是极为豪迈的作品，也是一部了不起的优秀长诗。这些年，您在诗、书、画等艺术上齐头并进，并取得了不菲的成就，您如何看待这三者之间的关系？

远村：诗歌之于书法与绘画，永远是象与形的关系，中国的传统哲学和美学都视诗意为书画的最高境界，所以，人类"诗意的栖居"这个概念，应该是我们的老祖先最早提出来的。只要你仔细研究一下中国书法史和绘画史就可以发现，所谓的法度总是在诗性面前显得力不从心。我是10年前才开始研习书画的，许多道法与技法的关系，只有一边学习一边体会，但总是感觉到有一种忽明忽暗的东西在指引着我，要准确抓住它却很难。

就我个人而言，大半辈子都在读诗、写诗，自然对诗歌的认识要更深一些、更偏爱一些，至于书法和绘画，应该是诗歌的延展。换言之，在我看来诗、书、画就是一个诗人的三种状态。我曾在很多场合说过，我是把书、画当诗来写，即使在进入60岁以后也没有觉得写字和画画会影响到我的诗歌写作，反倒还有帮助。既无心理障碍，也无审美隔膜，完全是在一种放松的状态下进行的。至于别人说我的书画达到了什么境界，那是他们自己的看法，可能我的真实状态还不完全是那样的。

季风：陕北还能出现类似柳青、路遥那种有巨大才华的人物吗？传统阅读方式的改变，文学式微，类似长篇小说那样厚实的书越来越不被年轻人重视阅读，诗歌在这个时代拥有什么样的地位，诗歌的未来又是什么样的……对于这些问题，能否谈一下您的看法？

远村：当然可以，作家和诗人都是历史的发现者、言说者，是用自己异于他人的发现，诸如人与自然、人与社会、人与人之间的隐性关联，和用自己的说话方式说出历史与人性的真相。柳青、路遥就是凭借这样的身份，才成为几代青年人精神追求的榜样。他俩之后，陕北目前虽然还没有这样的大树拔地而起，但有一个充满活力的写作群体，已显现出与他们完全不同的气象与风华。

诗歌在中国一直扮演着新文化引领者的角色，也是华夏文明发展的主脉，从来没有一个民族不把诗歌奉为至高无上的精神象征。从史学的角度看，我们的文学存在两个传统，一个是大传统，一个是小传统，大传统是指几千年来我们绵延不息的、经过无数次疏离又整合的文言文写作，小传统是指百年来的现代汉语写作，这两个传统的核心位置都留给了诗歌。好在我们更多的诗人已经打通了这两个传统，并树立起了一种自觉的现代诗学理念，与我们所处的时代和所要面对的现实事件越来越贴近。诗歌作为现实关怀与理想感召的话题，再次被提出来。我坚信，诗人始终与人类的命运休戚与共，诗歌永远与我们的民族精神同在。

远村：我顺从了，一滴水的旨意

《文化艺术报》访谈

文/刘　龙　赵命可

文化艺术报: 近日，您的诗集《画地为天》由陕西师范大学出版总社出版。《画地为天》收录了您2017年至2021年创作的100多首诗歌，这100多首诗，是否能代表您诗歌创作的最新成就？

远村: 这些诗歌，是我近几年来诗歌写作中最重要的作品，但不是最好的作品。我自己最满意的作品收入我下一部诗集《非必要叙事》中，之所以我要这样说，有两个原因：一是时间上《非必要叙事》要靠后一些，是2021年之后写的诗歌作品；二是新的写作方法、审美取向和价值指认在这部诗集的每一首诗中都有极为活跃的表现。当然，这并不意味着我要轻看前面的作品，事实恰恰相反，我更喜欢以前的东西，因为它们的存在，让我看清了自己现在诗歌的面目和处境，更明白如何选择下一步的写作方向。其实，我这几十年的写作生涯，几乎就是一部自我否定史，不重复别人，更不重复自己。

文化艺术报: 最近几年，你书画创作的影响力似乎遮蔽了你诗人的身份，诗集《画地为天》出版后，人们发现，远村依然是一个诗人，一直在写诗，这几年你写了一部长诗和三部诗集，而且每一部作品的写作风格都迥然不同，这种持续的生命力是从哪里来的?

远村: 这个问题问得好，说明你是了解我的，至少你在来的时候是做过功课的。我在书画方面的那一点小气候，和诗歌比起来，简直不值一提。首先在我看来，书画毕竟是技的成分要多一些，诗歌就不同了，因为它可以赋，可以比，可以兴，所以它道的成分要多一些。加之，我们是在一个有着几千年诗教的文明国度长大，自然有一种诗歌至上的优越感，再好的书法和绘画一旦和诗歌相比，首先在语言方面就矮了许多，绘画的块面、色彩、光感是绘画的基本语言，而点画与墨色、结体，是书法语言最基本的元素。那么，诗歌的语言是什么呢? 我看就是字、词、句，谁能领料好它们，谁就可以写出最好的诗歌，这是一个不争的事实。其次是在审美上有很大的差异性，书法或绘画的好坏，是建立在一种对形的世界的公共认同，而诗歌是要从象的层面表达个人化的价值观和情感秩序，比书画更接近我们传统哲学的那个"道"。

不过，我还有一个论调，就是对我们的生命和生存最有效的艺术表达，莫过于诗、书、画三位一体的审美呈现，毫无疑问诗歌是它们的灵魂。我在短短的几年时间里，能写下这么多诗歌作品，将它们汇编成册，等待出版社给一次机会，每一部作品的内容和风格全然不同，这一定与我潜心于书法和绘画创作有着深层次的关联。至于你说的写作状态，我想最近这几年应该是我最好的阶段，一旦有想法，就有激情、有冲动，能准确地、及时地、找到个性化的并与之相适应的语言表达，这大概就是我与别的人的不同之处吧。

文化艺术报：你是一个老诗人了，你的诗一直充满元气，没有暮气，对于一个年过 60 的诗人，这点很可贵。这几年你的诗，就在《画地为天》这本诗集里，你觉得这些诗写的怎么样，你会不会重读自己的诗歌？

远村：《画地为天》里的诗歌是我中年变法的产物，换句话说，是我诗歌写作某个阶段的历史见证，它们共同构成了我在处理日常生活与诗性经验时，能把赋比兴的经典的写作传统自洽地融于一首诗中的写作样式。这种样式，有效地解决了诗歌意象与事实诗意之间的指代问题和语言的嫁接问题。即便如此，我一般也不会翻看自己的已经发表过的诗歌作品，更不会刻意去背诵几首，以备朋友相聚，席间插科。当然，有时也会在读国外大诗人的诗歌作品时，闪出一个无厘头的念头，好像他们的句子我曾经也写过，每当此时，我会赶紧停下来，拿出自己的诗歌，做一比对，因为你喜欢一个诗人的诗，就会不顾一切地去反复阅读，读得久了，用情太多太投入，就容易被别人诗歌的语感和调性所诱导，而在自己的写作中出现类似的表达。遇到这种情况我就像第三者一样插足诗歌现场，拿出自己的作品，认真核查，仔细比对，用近乎挑剔的眼光审视它们，尽最大可能避免重复写作引来不必要的麻烦。我不知道，这算不算重读？

文化艺术报：你会不会修改已经发表、出版的诗？很多优秀的诗人经常修改已经发表、出版的诗。

远村：我会。最近几天，我一直在《远村诗书画》微信公号上编发诗人朋友们给我的诗集《画地为天》写的评论文章，后面都要附上我的几首诗，作为对评论的一个呼应。在编辑的过程中，我一定会改一下个别的字词或句子，让自己的诗歌表达更趋于完美。我可以告诉你，长诗《向北的高墙》，我准备了一年半，写了一年半，我是花了三年的时间才完成，之后，又改了三遍，才形成现在这个样子。不过，通常情况下，我是不会反复修改一首诗的，即使修改，也仅限于出版或发表之前，如果在出版或发表之后再改，即使是微创手术，原作也会元气大伤，是不可以这样的。所以，我才不会经常去修改自己已经发表过的诗歌。

文化艺术报：你在长诗《向北的高墙》后记中说："我一直以来主张诗歌写作诗人一定要在场，无论什么题材，什么境遇，什么形制，只要诗人有足够多的时间停下来，厘清人与自然、人与社会之间的关系，尤其是要处置妥当人与自我的关系，让它们之间所存在的客观的逻辑关系，转化为形而上的语言关系，从而有效地说出最为激动人心的最为本我的那一部分。"这是你一直坚守的诗歌理念吗，你是如何付诸行动的？

远村：是的，这是我一以贯之的诗歌写作态度，是否上升为一种诗歌理念，还有待时间来回答。就目前的状况来看，我的坚持是有效的，也是成功的。诗人是诗和人的高度统一，人与自然、人与社会、人与人之间的关系复杂而微妙，如何让它们之间存在的客观的逻辑关系，转化为形而上的语言关系，是区分真诗人与假诗人的重要戒尺。我曾在许多场合说过这样的话，我说，诗歌是人与诗合二为一的语言艺术，如果让我来判定一首诗的好坏，最简单最粗暴的办法就是看一首诗中诗人是否在现场，如果是有诗无人，就是语言的假意卖弄，没有体温和感觉的诗，咋能是好诗？如果是有人无诗，就是只有身体和欲望，以他低俗而扁平的生物腺体，又咋能称得上是好诗呢？也许我的观点过于偏激，也许就是个误判，但我绝对不会向平庸的诗歌让步，这是一个诗人的底线。我的一部长诗《向北的高墙》和《画地为天》《非必要叙事》《西部作》三部诗集都是在这样一种意识的支配下完成的，尤其是长诗《向北的高墙》，是一个构思宏大、时间跨度长、历史人物之间的因果关系复杂的史诗性写作，如果我不在场，你让他们怎么办？历时三年，数易其稿，才有了这一气呵成的1500多行的诗歌。否则，几千年来华夏民族的生发与再造和多民族融合的历史，仅凭一个人的想象是不可能完成的。

文化艺术报：你的长诗《向北的高墙》获得了第七届中国长诗奖最佳成就奖（2022），这首长诗，是你目前最重要的作品吗，可否谈谈写作这首长诗的初衷？

远村：是的。我在年少时有过一个梦想，就是有朝一日要为我的家族写一部长诗，我本姓鲍，我这个姓氏，在不同的历史节点都有北方游牧民族的隆重加入，影响最大也最彻底的两次发生在北魏孝文帝和元朝忽必烈统治时期，分别将他们的一支血脉改为鲍姓，这些都写在史书上，当我第一次看到这些文字，非常震惊，虽然那时我还小，也没有写诗的能力，但好奇心使我生出许多稀奇古怪的想法，要写一部长诗。几十年过去了，我也算是一个诗人了吧，反倒不敢草率下笔。直到我后来调入省政协主编一本文史类杂志，为了办好刊物，准确审稿，我不得不系统地翻阅中国古代史、近现代史和当代史，有些地方还进行了认真的考证与研究。我发现，在漫长的中华文明史中，每次大规模的民族融合，都无一例外地要在北方大地上黄河流过时形成的"几"字形大弯里完成，而我的生身热土陕北就在这个大弯里。一切的不安、骚动、再造，最终都会选择性地在这里完成一次根本性的逆转与重生。当然别的地方也有，不过是小打小闹而已。作为诗人，作为其中的一员，我有责任把发生在这里的一切或被遮蔽的部分告诉我的后人。所以，我耗时三年创作了《向北的高墙》这部长诗，以诗与史的双重弹奏，来讴歌和赞美我们的祖先，致敬我们这个伟大的民族。

文化艺术报：所有优秀诗人心仪长诗的荣耀而向长诗献媚，很可惜，很多优秀的诗人没能写出好的长诗。在你看来，写作长诗最大的难度在哪里？

远村：长诗写作是一个复杂的系统工程，所有的选项都指向一个鲜活的对应物，而这个物，它是具有物的客观性和可感性的，只有当物性与心性融会贯通了，才可以抵达更高语境的诗性，这就自然而然引出了一个事关诗歌写作的话题，即如何贯通，如何抵达？许多人没有写出好长诗，原因可能有很多，但我认为最根本的一个原因，是他们对长诗写作没有一个准确明晰的认知，也没有让物性与心性融会贯通了，所以难以抵达更高语境的诗性自觉。当下的长诗写作中，遇到的最大困难，就是由于诗人缺乏必要的史学支持，又没有很好的有效的方法解决诗与史、诗与事之间的叙述难题，所以，他们的长诗流于形式上的此消彼长。出不来也在情理之中，我们不必太过纠结。

文化艺术报：诗人韩东有一句名言——"诗歌止于语言"，你是如何理解语言对于诗歌的意义？

远村：这个问题，不太好正面回答，因为有那么多人在引用它，我想用海德格尔的一段话来回答你这个问题。他说："我们并不想对语言施暴，迫使它落入事先规定好了的观念的掌握中。我们不希望把语言的本质归结为一个概念，好让它充当一个普遍有效的语言观，而把所有更进一步的洞察搁置一旁。"大家都知道，所有的文学艺术中诗歌的历史最为悠久，它在文字还没有诞生之前，就已经存在了好多年，只不过那时的诗是以歌的面目出现在人类生活中的，也就是说，诗歌不单单是一种文学形式，它是人类文明史唯一的主脉。说到语言，也应该是灵魂级别的生命呈现。关于诗歌与语言之间的关系，海德格尔也说过，它们的关系既是澄明的，也是隐秘的。但我有一个观点，写在一首叫《语言的误区》的诗里，我写道："不是语言带出了词。/ 而是语言把意义带到了词那里""带我们认识了诗。/ 它向我们打开语言的潘多拉魔盒 / 让我们找到诗 / 藏在大地深处的一万粒火种。/ 每一个词，都会 / 尽显它们的广大神通。"如果认真读，一定会明白我的本意，明白我的观点和立场。

文化艺术报：《画地为天》和你早期的诗集《方位》《浮土与苍生》《远村诗选》相比，有哪些突出的变化？

远村：《画地为天》是我近几年来诗歌写作中最重要的作品，和以前出版的诗集《浮土与苍生》《远村诗选》等相比，有这样三个特点：首先，《画地为天》一以贯之地执着于人类心灵知觉的双重性的追问，何为心灵知觉的双重性？苏格兰大哲学家休谟在他的《人性论》中给出了明确的答案，他说："一切人类心灵中的知觉都可以被分成明显不同的两种，这两种可称之为印象与观念。"正是我读懂了休谟，我的诗歌才普遍具有了深邃与睿智的哲学品质。许多事关诗歌的写作方法、审美取向和价值指认都在《画地为天》中有极为活跃的表现。其次，在处理日常生活与诗性经验时，我的那种沉稳的、叙事的、接近于生命本质的、陌生化的写作态度，与我们普遍信守的赋比兴的经典的写作传统，无论什么样的情形之下，都能自洽地融入一首诗中。再次,《画地为天》有效地解决了诗歌意象与事实诗意之间的指代问题和语言嫁接的能力问题。

文化艺术报:你写了大量陕北题材的诗,你对故土的依赖有多大?

远村:我大概是进入省城以后才开始写陕北的,很长一段时间,我就是一个边缘人。你知道的,这种感觉每一个身处城市化进程中的中国人,都曾有过,只不过诗人的反映更为强烈罢了。我那个时期的诗歌,表面上看似写陕北,实际上是写我自己的生存感受和精神状态,并非站在世俗的立场上一会儿讴歌,一会儿又诅咒自己的故乡,我从内心鄙视这样的人。记得有一年陕北大旱,几乎颗粒无收,身在他乡的我,彻夜难眠,写下了这样的诗句:"我双手插进大地,向所有的河流下跪 / 我也是一滴水啊,我不该滴在异地。"读完了这样的诗,你有什么样的感受,不用我再说什么,你就能晓得我与陕北的感情,或者说与亲人的感情有多深。至于诗歌写作,我更多地依赖于反方向的阅读与吸纳现代化背景下的文学成果,尤其是对当代英语诗坛上活跃的外国诗人的持续关注,让我拥有了极为开阔的文学视野,和诗歌表达的多种可能性。

文化艺术报:我知道你在作协的时候,路遥和你交往比较频繁,你可否谈一谈路遥对你的写作有什么影响?

远村:我和路遥都是从延川出来的,平时又聊得来,所以,他有什么事来找我,我都要办,推辞不得,比如换煤气罐、搬蜂窝煤这些出力活。他在西京医院住院时,上初中的小孩没人管,他把我叫到病床前,托付我去看管,我答应了。后来他的弟弟王天笑一个人在医院伺候他,实在招架不住了，路遥又给我说："没办法，还得麻烦你，九娃一个人白天晚上连轴转，把他撂倒了，叫谁来陪我，你白天到医院顶替一下九娃，让九娃休息，吃饭。"我又答应了。遇到这种情况，搁谁都会答应，更何况平时老在一起，又是延川老乡。只是苦了我自己，在医院和他家两头跑，大人娃娃都要照顾，编辑部的活还要干，我当时得了胃病，身体状况每况愈下，真不知能撑到什么时候，路遥病重的那一个多月，也是我一生中最无助，也最辛苦的日子。你问我路遥对我的影响，我想主要不在写作上，而是在人格方面，路遥身上始终有一股使不完的劲，一种要压倒一切的劲，一种干大事的优秀男人所秉持的不达目的决不罢休的劲，即使重病缠身，他仍然能激昂面对，还安慰来医院看他的作家朋友，要保重身体，等他出院后，一起到气候好的地方休养。还说等他出院了，一定要把作协的工作搞好。我认为，好男儿就应该像路遥一样，不到最后，决不轻言放弃。

文化艺术报：远村这个名字在诗坛叫响已经 30 多年了，起这个笔名的时候，你还在陕北工作吧，为何会起这么一个笔名？

远村：起远村这个笔名之前，我还起过四五个意义不同的名字，都是叫了几天就被自己否定了，只有远村这个名字叫出去了，而且一叫就是 30 多年。许多人对我的笔名感兴趣，觉得温和、放松，有亲和力，容易被人记住。但起初我没有想那么多，记得我在西安南郊的一所大学上学，几个爱好文学的同学凑到一起，成立了一个文学社，还办了一张铅印小报，专发社员们的作品，我就在自己的诗歌标题下面写下了"远村"两个字，这是我的笔名第一次变为印刷体。从此后，远村这个名字就成了我真正的名字，一直用到现在。总是有人会问我，远村这个名字有什么深意，我常常无言以对，不知道自己为什么会起这样一个让人浮想联翩的名字，真是这样的，直到现在我都说不出来个子丑寅卯来。

文化艺术报：还能记得你的处女作吗？

远村：当然记得，应该是 1980 年夏天，两年的师范生活即将结束，我有感而发，写了一首诗《夏天的声音多么美好》，当时孙敬轩的长诗正在被报刊关注，流传甚广。我就模仿他诗歌的语气写了这首诗，教授现代汉语的老师在课堂上还读过，但后来我们走向社会后，同学们偶尔相聚，却少有人提及此事，我一直觉得匪夷所思。　如果说公开在文学报刊上发表的第一首诗是处女作的话，应该是一首短诗，发表在《延河》1986 年第 8 期，题目叫《初雪》，写得很稚嫩、很青涩，以至于后来出版诗集，都没有收录它，句子现在都记不全了。

文化艺术报：你是师范毕业的，师范学校毕业的学生都多才多艺的，你画画、写字的启蒙是不是在师范上学的时候？

远村：我们是高中毕业上的师范，那时的师范学校有专门的美术班、体育班、英语班、幼师班。我被分在理科班，重点是学数理化，不可能接受系统的绘画教育了。不过，我天生对线条和色彩比较敏感，很小的时候，我就能趴在土炕上画被面上的小人人，上小学以后，没有老师教画画，就自己乱画。师范毕业后，准备两年以后再参加一次高考，报考西安美院，但一场变故，彻底改变了我的人生轨迹。我变成了一个郁郁寡欢的小镇青年，满脑子里都是变幻莫测的词和句子。忧郁让我成了一个诗人，从此开启了我长达数十年的诗旅人生。真正画画，我是 2009 年才开始的，已经奔50 岁的人了，古人说人过五十不学艺，我已经快到这个年龄了，纯属为了圆一个梦。

文化艺术报：你早期的文学传承来自哪里？那个时候有书可读吗，都读些什么书？

远村：这个话题可以分开来说。首先，我的文学启蒙生发在陕北乡下，小时候，一到黑夜里，人们屏息静气听盲艺人绘声绘色地说着《隋唐演义》《七侠五义》和《水浒传》中的英雄故事，听得久了，就对说唱艺术产生了浓厚的兴趣。后来，上学了，认识的字多了，就读一些连环画。那个年代，能读到的文学书实在太少了，尤其是在偏远的农村。真正进入文坛以后，我把写作当成一生的追求或事业，才开始系统地读一些自己喜欢的文学书籍，一开始，读得比较乱，什么小说呀、散文呀、诗歌呀，只要能借到的刊物和书籍都会去读。经过一个漫长的读书的狂热期，我开始进入有选择地读书，为什么会这样？因为一方面工作太忙，不容许我大量的时间用来读文学书籍；另一方面是诗歌写作的需要，我必须选择哲学、美学和史学方面的经典著作来读，如果说我现在的诗歌还有那么一丁点价值，那一定是阅读给我带来的。

文化艺术报：你是诗人、画家、书法家、资深媒体人，在这些身份里面，你最骄傲的是哪个身份？

远村：诗歌之于书法与绘画，永远是象与形的关系，中国的传统哲学和美学都视诗意为书画的最高境界，所以，人类"诗意的栖居"这个概念，应该是我们的老祖先最早提出来的。只要你仔细研究一下中国书法史和绘画史就可以发现，所谓的法度总是在诗性面前显得力不从心。我是十多年前才开始研习书、画的，许多道法与技法的关系，只有一边学习一边体会，总是感觉有一种忽明忽暗的东西在指引着我，要抓住它却很难。就我个人而言，我更看重我的诗人身份，大半辈子都在读诗、写诗，自然对诗歌的认识要更深一些、更偏爱一些，至于书法和绘画，应该是诗歌的延展。换言之，在我看来诗、书、画就是一个诗人的三种状态。我曾在很多场合说过，我是把书、画当诗来写，即使在进入 60 岁以后也没有觉得写字和画画会影响到我的诗歌写作，反倒还有帮助。所以，我同时在做这三件事，既无心理障碍，也无审美隔膜，完全是在一种放松的状态下进行的。至于别人说我的书、画达到了什么境界，那是他们自己的看法，可能我的真实状态还不完全是那样的。

文化艺术报：你是个自信的人吗，大部分人是越写越不自信，写着写着就消失了。40 年的写作经历，你的心路历程有怎样的变化？

远村：当然是了，我觉得每一个搞文学创作的人，内心都会有一股自信的强大的力量，苦苦支撑着他完成自己要完成的文学梦想。对一个作家来说，自信是至关重要的。人这一辈子，有时候会出现一些生活方面的灰色的挫折或者不愉快，也可能是写作方面出现了暂时性的泥泞、不来电，也会影响到写作者的心情。但一个心智健全的人，绝不会就此沉沦，他一定有自我的修复能力。我是这样想的，任何一个人的精神世界都有被遮蔽的部分，就拿写诗的人来说，张狂与非理性是世人给诗人相对固定的标签，那么，这个形象不可能一夜之间完成，肯定有一个发展过程的，这个过渡时期的诗人的形象该是什么样子呢？我翻了很多资料都没有找到一个满意的答案。出于好奇，我在诗歌写作过程中巧妙地把理性和哲学渗入诗歌语言中，结果整首诗气象不仅完整、生动，还出现了一种意想不到的陌生化效果。

所以，在几个研讨会上但凡说我诗歌好的人，都认为我能绕开杂乱的生活找到自己的疗伤之所。其实，我一直告诫我自己，一个负责任的书写者，一定要有足够强大的自信心，因为不自信是诗人的天敌，一旦失去了自信，诗人就不会创造了，就成了一个废人。

文化艺术报：写了东西，就要发表，要有一个平台展示你的成果，谈谈你和编辑的故事，写作这么多年，对你的编辑，是一种什么样的感情？

远村：其实我就是一个编辑，而且是一个有着三十多年编龄的老编辑。你今天要我换一个角色，从作者的立场看编辑，我有一点不适应，你得让我想想再说。这样吧，我就说一说三个在我个人写作史上给过我无私帮助的编辑吧。首先要说的是诗人闻频老师，我的诗歌第一次在省级文学刊物上发表，就是他编发的，他当时是《延河》的副主编，我20世纪90年代初借调到《延河》当诗歌编辑，也是他一手操办的，我们的友谊一直保持到现在。另一个要感谢的编辑是蒋维扬，他当时是《诗歌报》（杂志）的主编，在他主持下，《诗歌报》成为领一代风气之先的诗歌类名刊，1992年夏天他去新疆开会路过西安时，我们有过两天的接触，他看了我刚写的一组诗，大加赞赏，就带回去，发在了那一年的《诗歌报》头版，封二还发了我的照片简介，让我在当时热闹的诗坛露了大脸，收到不少诗人和读者的来信。多少年再没有见到他了。第三个要感谢的人是作家刘劲挺，他当时在陕西人民教育出版社当编辑，有人编了一套丛书，有我一本诗集《独守边地》，这是我公开出版的第一部诗集，其间有一些曲折，不是他坚持，恐怕就没戏了，他和我有联系，偶尔还在微信上互动。如果没有这样的好编辑，我的诗歌之路一定走得很辛苦，未必能走到现在。一转眼，我们都老了，就连我这个当年的小伙子，也过了耳顺之年。蒋维扬和刘劲挺两位老师应该过了古稀之年吧，闻频老师也已经八十多了，作为晚辈，我真心真诚地祝他们晚年幸福，一切顺遂。

文化艺术报：还会一直写下去吗？

远村：可能会，也可能不会，一切都要看实际情况而定。

远村：《画地为天》，
就是要让更多的人飞起来

陕西省图书馆作家访谈

文 / 董媛媛

　　近日，远村的诗集《画地为天》由陕西师范大学出版总社出版，收录了远村 2017 年至 2021 年创作的 147 首诗歌。这些诗歌，是远村近几年来诗歌写作中最重要的作品，许多事关诗歌的写作方法、审美取向和价值指认都在其中有极为活跃的表现。远村在处理日常生活与诗性经验时，将那种沉稳的、叙事的，接近于生命本质的陌生化的写作态度，与我们普遍信守的赋比兴的经典的写作传统，无论什么样的情形之下，都能自洽地融入一首诗中，这种抒情与叙事交织在一起的写作方法，有效地解决了诗歌意象与事实诗意之间的指代问题和语言的嫁接能力问题。

　　《画地为天》是远村公开出版的第 6 部诗集，其中收录的诗歌作品，一以贯之地执着于人类心灵知觉的双重性的追问，使他的诗歌普遍具有了深邃与睿智的哲理品质。远村的诗歌视野开阔，既有对青岛磁悬浮火车、株洲高铁的国家想象，又有对黄河、落雨，甚至是一滴水的多角度的个人化的细腻表达，读来既入心感怀，又引人遐思不已，是一部值得阅读的优秀的诗歌作品集。

2024 年 6 月 4 日上午，著名诗人、书画家兼资深编辑远村到访陕西省图书馆，将其部分书法绘画作品、创作手稿、获奖证书及诗人历年与著名作家莫言、陈忠实、贾平凹、张贤亮、高建群等交往过程中收藏的作家题字和作品签名本等资料交予陕西省图书馆地方文献部收藏。

陕西省图书馆地方文献部主任董媛媛对远村先生进行了专访，深入交流回顾了诗人一路走来的创作历程、写作风格及其对诗歌文学的思考与感悟。陕图地方文献阅览室深厚的人文底蕴和浓厚的阅读氛围也给远村先生留下深刻印象。

访谈笔记

董媛媛：诗集《画地为天》的出版，对您而言，是中年变法的一个阶段性小结，不知道对不对？对陕西诗歌这个群体而言，无疑是一个重要的收获，值得我们庆贺。

远村：当然值得庆贺，这是我退休以后公开出版的第一部诗集，记得多年前，飞鹏老兄说六十岁从零开始，当时我还年轻，不大明白他的话外之意。现在看来，他是对的。我们每个人 60 岁之前，大半辈子都在为生计奔波，没有为自己认认真真地活过一天，即使有写诗这个爱好，也只能给工作和家庭让路，只有忙里偷闲而为之。退休以后，回归自我了，就可以做自己想做的事情。我这个人比较乏味，喜欢独处，除了诗歌、书法和绘画之外，没有任何事能提起我的精神。你说我的诗歌中年变法，你算是说对了，作为一个诗人，在写作上能够不断否定自我，是非常可贵的一种品质。

尽最大的可能不重复自己，也不重复他人，就是我现在的状态。

董媛媛：这几年，您的诗歌写作呈现出了一种井喷式的状态，一口气写了一部长诗和三部诗集，而且每一部作品的写作风格都迥然不同，对一个老诗人来说，十分罕见，也十分难得，您是怎么做到的？

远村：是这样的，当下的诗歌写作，我们必须要面对着两个传统：一个是有着两千多年历史的古体诗传统。这是一个相当稳定的大的传统，另一个是只有一百年历史的自由诗传统，这个传统处在求变的过程中，其内部结构极不稳定，受外部世界的干扰比较多，也容易被新鲜的事物左右而陷入一种未知的语言迷局中。所以，这几年我大量阅读国外当代诗人的作品，尤其是至今仍活跃在英语诗坛的优秀诗人的作品，我不仅阅读，还给他们每个人写了一首诗，画了一张速写，也有写过两首的，比如吉尔伯特。这要感谢我的好兄弟冯景亭，是他给我买了这些诗人的诗集，让我能够有比较完整的文本作为研究和学习的对象。与此同时，我把古典诗歌的发展脉络捋了一遍，发现不同时代的诗歌虽然形式多变，但都有着《诗经》一样抒情与叙事并重的表现传统，这个传统，虽然一直存在，但被我自己忽略了。我想，既然已经醒来，就应该毫不犹豫地继续进行自己的诗歌写作。因此，我近几年的写作状态，应该是我诗人生活中最好的，我一鼓作气写下了一首长诗和三部诗集，写作的冲动依然在。当然，即便如此，我的诗歌写作仍然处在变声期，还有许多事关诗性经验与日常意象之间的逻辑关系不够清晰时，面对两个诗歌传统，是顺势而为，还是溯流而上，或是另辟蹊径，我还拿不出一个令自己心里踏实的准确的答案。

董媛媛：您的诗歌表面上写了一些客观事物，实际上更多的指向是一种精神状态，或者说，给阅读者以惊诧的那些诗句本质上是一个诗人的自传，您认为是这样的吗？

远村：诗歌一旦写成，它的意义就已经确立，结果如何，不是诗人自己所能把控，完全取决于读者对诗歌的阅读，从本质上讲，阅读才是对一个诗人才华的认定过程。也就是说，诗歌的现实影响力极其有限，对历史的书写也只是碎片化的、跳跃式的、不清晰的，不可能给人类的记忆留下一个明确的痕迹。对个人生活的表达虽然琐碎，但因为走心，还是可以给读者留下一些感动和惊讶。我一直以为，真正的诗人一定是才情与大悟的代名词，一首小诗就能留名青史的大诗人不乏其人，但终究还是普通的诗人要多一些，他们只关心自己能感受的那一部分生活并用适合个人的说话方式，向读者展露心机，和普遍的语言智慧与人生感悟。读者通过诗句发现了一种冲动、一种指引，跟着诗人像梦游者一样，轻易就回到了自己的精神故乡，所以说，诗歌是一个诗人的自传，一点也不为过。

董媛媛：诗歌写作一直以来有一个困惑，就是如何处理一首诗的抒情性与叙事性的比重，即如何处理二者明与暗、虚与实、多与少等关系。如果这些关系处理得好了，好句子就会不请自来，写作本身，也变得轻松而愉悦。

远村：是这样的，我有同感。记得多年前的一个下午，我拿起毛笔，铺开毛边纸在上面练字，就拿了一本《诗经》打算抄里边的诗句，发现《诗经》里的诗歌，在表现方面有一个共同的特点，就是抒情与叙事在一首诗里同时存在，它们的重要性显而易见。这个发现，对我而言意义太过重大，它解决了我长期以来诗歌写作的一个困惑，就是如何处理好抒情与叙事的关系。我一下子拨云见日，有了一个明晰认知，觉得内心的诗歌之火又被燃烧起来，写作的热情愈发高涨，一些精彩的诗句不请自来，心情也变得十分轻松愉悦。紧接着，我又把古典诗歌的发展史捋了一遍，发现不同时代的诗歌虽然形式不一样，但抒情与叙事并重的表现传统一直存在。这可能跟几千年流传下来的赋比兴的诗歌写作传统有关，也可能跟我们的象形文字的特殊性有关。西方的文字大部分是表音文字，文字本身只有叙事性，而无抒情性功能，而我们的文字，叙事与抒情兼容并蓄，更适合现代诗歌的写作，这大概就是美国垮掉的一代诗人为什么痴迷中国禅诗的一个原因吧。

董媛媛：诗人真正意义上的超越，除了诗歌表现方式的自我超越，还有灵魂的超越。好的诗歌，就应该既是具体的、客观的日常生活的文学反映，也是心灵世界知觉的双重性的艺术呈现。

远村：根据我多年的观察，一个诗人一旦跟"超越"这个词发生关系，就特别要谨慎，有时要慎之又慎。因为诗歌写作不是运动员的百米冲刺，谁也不会知道诗人会在哪个跑道的哪个点上超越了自己的历史纪录。我们只能从他的诗歌作品中找到一些信息，比如你说的诗歌表现方式的超越、灵魂的超越等。我认为好的诗歌，表面上是具体的事实诗意的文学反映，事实上，为了这个表面文章，诗人不知付出了多大的代价，一些看上去平淡无奇的诗句，往往是诗人用力最重的地方。读者只是枉怀企盼，想让诗人的世界观和方法论能高人一等，至少能得到一些所谓的心灵慰藉。岂不知，诗歌是心灵世界知觉的双重性的艺术呈现，它不可能满足单一思维取向的读者的诉求。说实话，出版这部诗集我还是有一定的压力，我怕别人不能吃透我诗歌，怕曲解了我的用意。毕竟众口难调，读者的诗性经验千差万别，对许多事物的认知和判断存在一定的分歧，文字交流又是在两种客体之间游移。诗是什么，如何写诗，也存在着理解上的盲点。但当我重新阅读自己的诗句"我把一个人的大地，画成了众人的天空。/我想让更多的人飞起来，飞得越高越好"之后，我就打消了这个顾虑。

董媛媛：所有的文学都是用来交流的，诗歌作为文学中的文学，它的交流更为直接，读者读诗，就是跟作者精神与精神的碰撞，或者是灵魂之间的相认。

远村：我是这样想的，既然诗歌生发于人的生活场域，就不可能回避诗人对现实世界的期望与关切。确切地说，诗人是不可以放弃一个人想要看到自己想要的生活的，而这个生活又是那么亲切、那么真实、那么不容置疑。就如我在一首诗中所言："我把自己也画进画里去了。我的头发，我的四肢。还有我过于膨胀的欲火，/也画进去了。/不要问我过得好不好。我的三国，我的水浒。/我的金瓶梅，我的红楼梦。/我的神雕侠侣，也都画进画里去了。"我知道，写下这样的诗句，就是一个人跟他曾经对抗的世界最为决绝的妥协，是人到中年以后的洞悉与达观。假如我把体察人心的力道再减弱那么一丁点，那么，我就能在诗歌和读者之间建立起一个大致平衡的格局，但我不能这样做，因为面对这个世界，诗人只能说出他认为最重要的那一部分。有关诗歌的交流涉及的面很广，但究其根本还是生命的自我发现。今天的世界变化太快了，诗歌交流除了精神碰撞、灵魂相认，恐怕还有另一种或多种方式的审美接触在诗人和读者之间发生。